ASTRID ROSENFELD

KINDER DES ZUFALLS

ROMAN

KAMPA

For Ty Mitchell

I borrowed your cowboy hat and your saloon
and gave it to Maxwell.
I borrowed your wisdom and your wit
and gave it to Glenn.
The rest is just a little melody.
The sound of waves and desert nights.

With love Astrid

KAMPA TV
Videoporträt von Astrid Rosenfeld auf
www.kampaverlag.ch/kampa-tv

KAMPA POCKET
DIE ERSTE KLIMANEUTRALE TASCHENBUCHREIHE
Gedruckt auf säurefreiem und chlorfrei gebleichtem
Papier aus verantwortungsvollen Quellen, zertifiziert
durch das Forest Stewardship Council. Der Umschlag
enthält kein Plastik. Kampa Pockets werden klima-
neutral gedruckt, kampaverlag.ch/nachhaltig informiert
über das unterstützte CO_2-Kompensationsprojekt.

Veröffentlicht im Juli 2020 als Kampa Pocket
Alle Rechte vorbehalten
Copyright © 2018 by Kampa Verlag AG, Zürich
Covergestaltung und Satz: Herr K | Jan Kermes, Leipzig
Covermotiv: © Whitney Lee Bell
Gesetzt aus der Stempel Garamond LT / 200120
Druck und Bindung: GGP Media GmbH, Pößneck
Auch als E-Book erhältlich
ISBN 978 3 311 15001 5

www.kampaverlag.ch

*What matters most is how well
you walk through the fire.*

Charles Bukowski

11. März 1977
Ein Junge stirbt fast

Vier Meter über der Erde baumelte der Junge, an einem Ast des toten Eichenbaums. Das Kinn an die Brust gedrückt, versuchte er, ruhig zu atmen. Bald würde der Gürtel ihm die Kehle zudrücken. Hellbraun das Leder, an einigen Stellen hatten Schweiß und Blut die Tierhaut dunkel gefärbt. Sein Schweiß, vermischt mit Onkel Terrys Schweiß. Der Gürtel: ein Geschenk von Onkel Terry. Onkel Terry, der gar nicht sein richtiger Onkel war.

Nicht sterben, nicht sterben, nicht sterben.

Maxwell bekämpfte den Impuls, mit den Beinen zu strampeln. Eine falsche Bewegung würde ihm das Genick brechen.

Nicht sterben.

Sullivan und Allen hatten ihn gejagt, wegen der Nolan-Ryan-Karte. Eine Sammelkarte. Ein Stück Pappe. Maxwell interessierte sich nicht für Baseball, und das Bild des California-Angel-Pitchers konnte ihm gestohlen bleiben. Doch er hatte gelernt, dass es unklug war, Sullivan und Allen das Verlangte widerstandslos zu geben. Jagd und Schläge mussten der Eroberung vorausgehen.

Ein zehnjähriger schlaksiger Junge musste zwei dreizehnjährigen muskelbepackten Gegnern unterliegen. Er wehrte sich, um seine Peiniger glücklich zu stimmen. Das verschaffte ihm eine längere Pause bis zur nächsten Attacke. Bis sie wieder etwas von ihm wollten – Geld, Glasperlen, einen Football, Schokolade, Kaugummis oder Hustensaft.

Nicht sterben. Nicht sterben.

Vor ihm erstreckten sich die Chinati Mountains. Das offene Grasland der Chihuahua-Wüste. Hunderte Yuccas. Mannshoch. Wie ein Volk aus alten Zeiten sahen sie aus. Krieger mit gezackten Helmen. Andere zusammengewachsen, um sich nie wieder zu trennen.

Nicht sterben.

Maxwell und seine Mutter Charlotte waren vor sechs Monaten mit drei Koffern auf der Finsher Ranch angekommen.

»Terry, ich hätte schreiben sollen«, hatte Charlotte gesagt.

»Charly?«, hatte Terry geantwortet. Dann hatten sie sehr lange geschwiegen.

Nicht sterben.

Tränen liefen über Maxwells Wangen.

Nie hatte er Sullivan und Allen verraten. Es war ein Spiel, bei dem Sieger und Verlierer von Anfang an feststanden. Scheußlich, aber nur ein Spiel.

Nicht sterben.

Maxwell hatte sofort gespürt, dass heute etwas anders war. Sah es am Funkeln ihrer veilchenblauen Augen. Hörte es in ihrem Schnauben. Schweiß und blaue Flecken würden heute nicht genug sein. Die Brüder hatten die Regeln geändert. Nein, nicht geändert – es gab sie nicht mehr. Und was steht am Ende einer Jagd, einer Jagd, die kein Spiel ist?

Maxwell war losgerannt.

Immer weiter hatte er sich vom Haupthaus entfernt, den Schlafbaracken, den Ställen, den Verschlägen. Immer schneller wurden seine Beine. Erst als er den toten Eichenbaum erreicht hatte, blickte er zurück. Seine Verfolger waren außer Sichtweite.

Einatmen – ausatmen.

Behände wie ein Äffchen hatte er den Baum erklommen.

Einatmen – ausatmen.

Hier oben hatte er sich in Sicherheit geglaubt. Er würde warten, bis es dunkelte, und dann zurücklaufen. Heute würde er nicht schweigen. Er würde zu Onkel Terry gehen und ... Bevor Maxwell seinen Plan zu Ende denken konnte, kamen die Brüder angerannt.

»Maxwell ... Maxwell, wir kriegen dich«, hatte Sullivan gerufen und gegen den Baumstamm getreten.

Er war sieben Minuten und vierzig Sekunden älter als sein Zwillingsbruder. Den minimalen zeitlichen Vorsprung empfand er als persönliches Verdienst. »Ich hab dich überholt, Allen. Bin stärker als du.«

Allen akzeptierte Sullivans vermeintliche Überlegenheit, die sich laut Sullivan schon im Mutterleib bemerkbar gemacht hatte.

Die ersten Versuche der Zwillinge hinaufzuklettern, schlugen fehl. Als Sullivan aus drei Metern Höhe zu Boden ging, überkam ihn eine unbändige Wut. Er hämmerte mit den Fäusten gegen den Stamm.

»Du bist tot, Maxwell. Du bist tot. Hörst du, Maxwell? Du bist tot.«

Wild schreiend umklammerte Sullivan den Stamm, zog sich hoch. Die veilchenblauen Augen weit aufgerissen, die Ader am Hals pochte. Maxwells Herz raste. Sollte er springen? Aber unten stand Allen. »Du bist tot, Maxwell.«

Schon packte ihn eine Hand, die viel stärker war als seine. Ein dumpfer Schmerz in seinem Gesicht. Blut tropfte ihm aus der Nase. Sullivan zerrte an seiner Hose. Was wollte er? Was? Was?

Warm und feucht das Leder.

»Du bist tot, Maxwell.«

Dann war es still.

Nicht sterben.

Das Leben der Brüder war aus den Fugen geraten, seit Maxwell und seine Mutter hier waren. Und sie konnten ja schlecht Charlotte verprügeln. Charlotte, die Schuldige. Maxwell begriff nicht nur, er hatte sogar Verständnis für das Verhalten der Zwillinge. Vielleicht hatte er deshalb ihr grausames Spiel stets schweigend ertragen. Aber er würde ihnen nicht sein Leben opfern.

Verschwunden waren Berge und Wüste, verschwunden die Yuccas. Kein Himmel über ihm. Es gab nur noch seine zehn Finger und Terrys Gürtel. Fünf Finger zerrten an dem Leder. Maxwell streckte den rechten Arm. Ein Knacksen in der Schulter. Fünf Finger griffen ins Leere. Einmal, zweimal, dreimal. Dann bekamen sie den Ast zu fassen.

Als er seinen Kopf befreit hatte, wich alle Kraft aus

seinem Körper. Er fiel. Ein stechender Schmerz durch-
fuhr seinen rechten Oberschenkel, trotzdem stand er auf.
Stand mit beiden Beinen fest auf der harten Erde.

Langsam kletterte Maxwell den Stamm wieder hinauf.
Das Leder war nicht gerissen. Er löste den Gürtel, band
ihn um die Hüfte.

Vor ihm erstreckten sich die Chinati Mountains. Das
offene Grasland der Chihuahua-Wüste. Hunderte Yuccas. Als ob nichts gewesen wäre.

ERSTER TEIL

I

Myrthel Spring

Danke, das ist sehr nett von Ihnen.«
»Woher kommen Sie, Ma'am?«, fragte Terry, während er ihren Koffer auf der Ladefläche des Pick-up verstaute.

Etwas Fremdes färbte ihre Worte. Sie war keine Texanerin. Vielleicht nicht einmal Amerikanerin.

»Ich bin auf einem Schiff gekommen.«

Sein Blick schweifte über das Land.

»Auf einem Schiff?«

»New York«, sagte sie. »Können wir jetzt ...«

»Sie sind aus New York, Ma'am?«

»Nein, ich bin auf einem Schiff nach New York gekommen. Können wir jetzt ...«

»Also sind Sie von weit her, Ma'am?«

»Was ist nun mit Frühstück? Ich habe schrecklichen Hunger. Und hören Sie doch bitte auf mit diesem Ma'am.«

»Entschuldigung, Ma'am ...«

»Charlotte, ich heiße Charlotte.«

Sie lächelte, zog ihren Rock ein Stück hoch und kletterte auf den Beifahrersitz.

»Charlotte«, sagte er. »Charly.«

Wie jeden ersten Dienstag im Monat war er morgens um fünf in seinen Truck gestiegen, um wie jeden ersten

Dienstag im Monat vier Stunden nach Myrthel Spring zu fahren.

Seit seinem sechzehnten Lebensjahr gehörte die Dienstagstour zu Terrys Pflichten. Postamt, Viehfutter, Lebensmittel.

120 Dienstage, kein einziges Mal hatte sich etwas Außergewöhnliches ereignet. Natürlich, sein Leben hatte sich verändert: Vor neun Jahren war die Mutter gestorben, noch während der Dürre. Zeiten der Entbehrung. Terrys Vater Harold Finsher war es gelungen, die 8000 Hektar zu erhalten. Zu einem hohen Preis: 160 Rinder, 21 Pferde, seine Frau und sein Verstand. Im Frühling 1957 setzte Regen ein. Schon zwei Jahre später sah es aus – zumindest auf den ersten Blick –, als wäre nie etwas geschehen. Harte Arbeit, ein Kredit und ein Quäntchen Glück gaben Harold zurück, was die Dürre ihm genommen hatte – fast alles. Das Grab der Frau und die Tage, an denen Harold Finsher sich in der Vorratskammer einsperrte, nackt auf dem Boden saß und *If You're Happy and You Know It* sang, dabei in die Hände klatschte, bis sie brannten, erzählten davon, dass sehr wohl etwas geschehen war.

Sechs Jahre nachdem Terry zur Halbwaise geworden war, hatte er Diana geheiratet. Vor einem Jahr waren die Zwillinge zur Welt gekommen. Ja, das Leben hatte sich verändert seit seiner ersten Dienstagsfahrt. Nicht nur seines, auch das der anderen. In Myrthel Spring erfuhr er, wer gestorben war und wie viele Kinder geboren worden waren. Welche Unfälle sich in dem 1300-Seelen-Ort ereignet hatten, welche Krankheiten umgingen und welche Heldentaten vollbracht worden waren. Aber das alles empfand Terry nicht als außergewöhnlich. So war es nun einmal – der Lauf der Dinge. Das Leben. Die blonde Frau, die neben ihm saß – das war etwas Außergewöhnliches.

»Kann ich Ihnen helfen, Ma'am?«, hatte er sie gefragt.

Er konnte: Sie hatte Hunger und wollte sich ausruhen.

»Ich heiße Terry«, sagte er.

»Wie?«, fragte sie.

Der Motor und das Radio übertönten seine Stimme.

»Terry. Ich heiße Terry.«

Sie lächelte, und da fragte er sich, ob er ihr erzählen sollte, dass er verheiratet war und zwei Kinder hatte und auf der Ranch seines Vaters, die eines Tages seine Ranch sein würde, wohnte und arbeitete. Ob er ihr sagen sollte, dass das Leben hart war, dass er seit fast zehn Jahren jeden ersten Dienstag im Monat nach Myrthel Spring fuhr. Und dass sie sein erstes außergewöhnliches Erlebnis war. Dass er ihren Rock hübsch fand und ihre Frisur und ihr Gesicht. Dass er gerne wissen würde, wo sie herkam. Dass er noch nie mit einer Frau wie ihr, einer Frau mit platinblonden Haaren und einer so tief ausgeschnittenen Bluse, gesprochen hatte. Dass er Texas, seine Heimat, liebte und hoffte, dass sie keine Kommunistin war.

Aber all das sagte er nicht, sondern: »Carmen ist klimatisiert.«

»Was?«, fragte sie.

»Carmen. Das Diner. Da gibt es eine Klimaanlage.«

Steve, Craig und Dave saßen am Tresen, erzählten sich

die immergleichen Geschichten. Carmen goss Kaffee nach. Ein ganz normaler Dienstag in Carmen's Diner.

Es wurde still, als Terry und Charlotte eintraten. Auch Steve, Craig, Dave und Carmen spürten, dass hier etwas Außergewöhnliches geschah.

Terry grüßte flüchtig und führte Charlotte in die hinterste Nische. Kaum saßen sie, überlegte er, ob er Charlotte den anderen hätte vorstellen müssen? Doch was hätte er sagen sollen? Sie stand am Straßenrand. Sie heißt Charlotte. Sie hat Hunger.

Und dann hätte der alte Steve von seiner Zeit in Korea angefangen, Dave hätte schmutzige Witze gerissen und Craig alles getan, um Terry lächerlich zu machen.

Carmen kam an ihren Tisch und musterte Charlotte.

»Das ist Carmen. Ihr gehört Carmen«, sagte Terry. »Und das ist Charlotte, sie ... sie ist ... sie ist eine Reisende.«

Carmen lächelte, aber die hochgezogenen Augenbrauen nahmen ihrem Lächeln jede Freundlichkeit.

»Wie geht es Diana?«, fragte sie Terry und sah dabei Charlotte an, die Augenbrauen noch immer hochgezogen, das Lächeln verschwunden.

»Gut.«

»Und den Zwillingen?«

»Auch gut.«

Die erste Tasse Kaffee tranken sie schweigend. Hastig aß Charlotte eine Portion Spiegeleier mit Speck, während die Jukebox Buck Owens' *I've Got a Tiger by the Tail* spielte.

Die zweite Tasse Kaffee.

Terry räusperte sich. »Also, Charlotte ... Charly, woher kommen Sie?«

»Sie geben keine Ruhe, was?« Die Fremde lachte.

So ein Lachen hatte Terry noch nie gehört, die Frauen,
die er kannte, lachten anders. Er wollte ihre Kehle berühren, diesem Lachen näherkommen, es einfangen.

»Warum wollen alle immer wissen, wo man her-
kommt? Ist das so wichtig? Ist es nicht. Fragen Sie mich
doch lieber, wo ich hinwill. Das ist wichtig. Wo jemand
hinwill.«

Er brachte es nicht fertig, ihr zu widersprechen, ihr zu
sagen, dass es sehr wohl wichtig war, wo man herkam.
Dass er nicht er wäre, wenn er aus Chicago oder New
Orleans käme. Dass dann alles anders wäre und er ein
anderer. Und dass woher man kam, ja nicht nur ein Ort
sei, und man die Gegenwart nicht von der Vergangenheit
lösen könne. Aber solche Dinge zu erklären, lag Terry
nicht.

»Also, Charly, wo wollen Sie hin?«, fragte er schließlich.

»El Paso. Zum Bahnhof. Und dann mit dem Zug nach
Kalifornien.«

»Kalifornien. Und was ... was wollen Sie in Kalifornien?«

»Das ist ja ein richtiges Verhör.« Wieder dieses Lachen.
»Was ich in Kalifornien will?« Charlotte griff nach seiner
Hand, legte sie auf ihren Busen. »Ich will, dass es schnell
schlägt. Dass ich aufwache und es schnell schlägt. Verstehen Sie?«

Er verstand nicht, nickte aber.

Sie stieß seine Hand weg. »Wie lange brauchen wir nach El Paso?«

»Wir?«

»Wie lange?«

»Vier Stunden, ungefähr. Fünf vielleicht.«

»Also kann ich auf Sie zählen?«

»Was …«

»Ich kann ja schlecht zu Fuß nach El Paso. Helfen Sie mir?«

Diana würde sich Sorgen machen. Vielleicht würde sie jemanden von der Ranch nach Myrthel Spring schicken, und dann würde irgendwer erzählen, dass Terry Carmen's Diner vor Stunden verlassen hatte. Zusammen mit einer blonden Frau.

Eines Tages würde es ein Telefon auf der Ranch geben, dann würde er Diana anrufen und sagen: »Eine blonde Frau braucht meine Hilfe. Sie kann ja schlecht zu Fuß nach El Paso. Und ich würde sie auch fahren, wenn sie hässlich wäre.« Eines Tages, aber was nützte ihm das jetzt. Er musste eine Entscheidung treffen. Eigentlich lag ihm das: Welche Pferde zu behalten, welche zu verkaufen waren. Ob man die Herde aufstocken sollte. Wie viele Cowboys man zum *roundup* im Frühling und im Winter anheuern musste. Aber jetzt zögerte er. Er wollte Ja sagen. Er wollte Nein sagen. Das Richtige tun. Er wollte Charlys Lachen hören und sie noch einmal berühren.

»Terry? Kann ich auf dich zählen?«

Im Radio sprach man über den Vietnamkrieg. Über Johnsons Entschluss, die Anzahl der Soldaten auf 125 000 aufzustocken. Man würde den Vietcong das Fürchten lehren. Absolute Überlegenheit demonstrieren. Der Präsident hatte gesagt: »Wenn die Kommunisten erst einmal so wie wir wissen, dass eine Gewaltlösung unmöglich ist, ist eine friedliche Lösung unvermeidbar.«

»Gibt es keine Musik?«, fragte Charlotte. »Immer diese Kriege, ständig ist Krieg.«

»Ein Freund von mir ist in Vietnam. Navy.«

»Ich war noch nie in China.«

»Vietnam ist nicht in China.«

»Na ja, ist doch alles sehr gleich. Ich kannte einen Chinesen. Zumindest dachte ich, er wäre Chinese. Er nannte sich Joseph, weil niemand seinen Namen aussprechen konnte. Aber er war gar kein Chinese, sondern Japaner.«

»Aha«, sagte Terry, ohne zu verstehen, was der Japaner mit Vietnam zu tun hatte. Aber vielleicht musste man nicht alles verstehen. Vielleicht hatten blonde Frauen, die auf Schiffen herkamen, ihre eigene Logik.

»Joseph war ein feiner Mensch. Er konnte wunderschön Flöte spielen. Ich dachte, ich würde ihn eines Tages heiraten, aber ich war bloß ein Kind und Joseph sehr alt.«

Aus dem Radio kam nur noch ein Knistern. Charlotte drehte an den Knöpfen, vergeblich. »Jetzt gibt es gar nichts mehr. Keinen Krieg, keine Musik.« Sie blickte aus dem Fenster, Kakteen, Hügel, unendliche Weite. »Wie man hier leben kann ...«

»Was meinst du?«

»Na ja, ist doch alles sehr karg hier. Man hat das Gefühl, dass die Zeit stillsteht, dass in fünfzig Jahren alles genauso sein wird, wie es schon vor fünfzig Jahren war.«

»Carmen hat eine Klimaanlage, die gab es vor fünfzig Jahren nicht, es gab ja nicht mal Carmen vor fünfzig Jahren.«

»Ach, Terry.« Sie berührte seinen Unterarm. »Du nimmst alles sehr genau, was?«

»Aber schau doch aus dem Fenster, schau doch!«

»Da ist nichts.«

Wo sie nichts sah, sah er Schönheit, sah er Heimat. Wie erklärt man Schönheit? Wie erklärt man Heimat? Terry hatte keine Worte dafür. »Schau doch!«, sagte er noch einmal. Charlotte schüttelte nur lachend den Kopf.

Städte hatte er nie gemocht. Nicht dass er viele gesehen oder dort viel Zeit verbracht hätte. Zwei Mal war er in Dallas gewesen und vielleicht sieben Mal in El Paso. Verkehr, Menschen, ja selbst die Gebäude schienen um Aufmerksamkeit zu buhlen. Ein stetes Rauschen, das ihn verwirrte.

Sie erreichten den Bahnhof.

»Na, dann heißt es jetzt Abschied nehmen«, sagte Charlotte und öffnete die Beifahrertür.

»Warte!« Er griff nach ihrer Hand, spürte die weiche Haut. Auch diese Zartheit verwirrte ihn, eine andere Art Verwirrung. Die weiche Hand ließ ihn wissen, dass sie fortwollte, also ließ er los, zog den Kugelschreiber aus seiner Hemdtasche, zerriss eine Streichholzschachtel und schrieb in Druckbuchstaben:

Finsher Ranch – Terry Finsher
PO Box 17, Myrthel Spring, Texas

»Vielleicht möchtest du mir schreiben.«

»Ich schreibe nie.«

»Aber vielleicht eines Tages, irgendwann.«

Mit einem Lächeln, das mehr war als eine freundliche Geste – das fühlte er genau –, ließ sie das Stückchen Pappe in ihrer Lederhandtasche verschwinden.

Sein Angebot, sie zum Schalter zu begleiten, lehnte sie ab, und so blieb Terry nichts anderes übrig, als ihr den Koffer zu reichen und Lebewohl zu sagen.

Terry sollte die blonde Frau nie vergessen. Jeden ersten Dienstag im Monat hoffte er, einen Brief oder zumindest eine Karte von Charlotte in seiner Post zu finden.

Charlotte vergaß Terry ziemlich schnell. Doch viele Jahre später sollte sie sich wieder an den jungen Rancher aus Texas erinnern.

Nicht vergessen und wieder erinnern sind zwei sehr unterschiedliche Dinge.

An diesem Tag fuhr kein Zug mehr, Charlotte verbrachte die Nacht in einem Hotel in Bahnhofsnähe. Schon am frühen Abend legte sie sich in einem dunkelroten Negligé auf das Doppelbett.

Es war eines von Dutzenden Hotelzimmern, in denen Charlotte seit ihrer Ankunft in New York übernachtet hatte.

Sie spürte ihr Herz schlagen, schnell.

Noch vor kurzem hatte sie in Heidelberg gelebt. Charlotte – das uneheliche Kind eines amerikanischen Offiziers und seiner badischen Haushälterin.

Wahrscheinlich hatte der Offizier sich einsam gefühlt

in dem fremden Land. Seine rechtmäßige Frau war noch in Maryland. Die Haushälterin Helga, ein hübsches, etwas ängstliches Fräulein, wärmte Jonathans Körper. Dann rückte die Ehefrau samt siebzehn Koffern und einer senilen Schwiegermutter an. Charlotte war gerade elf Monate alt. Außer einem schlechten Gewissen empfand Jonathan Foreman nicht viel für sein Kind. Doch sein Ehrgefühl gebot ihm, Verantwortung zu übernehmen, gerade so viel, dass es keine Umstände machte. Er sorgte dafür, dass Charlotte Englisch lernte und Helga ihren Posten als Haushälterin behielt. Die Ehefrau nahm weder Anstoß an Helgas Anwesenheit noch an Charlottes Existenz, obwohl sie wusste, wer der Vater des Mädchens war. Selbst die senile Schwiegermutter sah sofort die Ähnlichkeit. Man schwieg einvernehmlich.

Ein Tag verlief wie der andere. Charlotte hatte immer gewusst, dass sie raus wollte, aus dem Haus, der Stadt, dem Land.

Vor einem knappen Jahr war Helga an Gebärmutterkrebs gestorben. Bis zum Schluss hatte sie das Parkett des zweistöckigen Hauses gebohnert und für die Offiziersfamilie gekocht, geputzt und gewaschen.

Nie hatte Charlotte Forderungen an ihren Erzeuger gestellt, nur genommen, was er freiwillig gegeben hatte. Erst nach dem Begräbnis der Mutter bat sie ihn um einen Gefallen.

Es rührte den eitlen Mann, dass Charlotte seine Heimat kennenlernen wollte. Zwar konnte die junge Frau ihm nicht erklären, was genau sie dort wollte, aber das kümmerte Jonathan nicht weiter. Fast zwanzig Jahre nach ihrer Geburt erhielt Charlotte den Namen ihres leiblichen Vaters und einen amerikanischen Pass. Der Offizier und Charlotte nahmen Abschied voneinander. Auch diese letzte Umarmung war nicht mehr als eine Pose.

Und endlich war Charlotte frei: Befreit von der Mutter, diesem bedauernswerten Wesen, die ihre besten Jahre einem Mann geopfert hatte, der ihr außer Millionen Spermien nichts hatte geben können. Helga, die Haushälterin, die es allen recht machen wollte und jede Demütigung schweigend hinnahm. Helga, die sich so leise bewegte, so leise sprach, dass man ihre Anwesenheit mühelos ignorieren konnte.

Die Erbschaft der Mutter wurde in eine Schiffsfahrkarte und ein Bündel Dollarscheine investiert.

Charlottes Habseligkeiten passten in einen kleinen Koffer. Zuletzt packte sie Helgas dunkelrotes Negligé ein, das Einzige, was an der Mutter nicht ängstlich gewesen war. Es schien von der Möglichkeit eines anderen Lebens zu erzählen. Dass einst auch für die Haushälterin Helga ein Türchen offen gestanden hatte. Ein Leben, in dem es ein bisschen mehr Liebe, ein bisschen mehr Freude gegeben hätte. Ein bisschen mehr als Bohnerwachs und den Samen eines amerikanischen Offiziers.

Als freie Frau hatte Charlotte Foreman, geborene Kirchner, das Deck des Schiffes betreten. Das Herz schlug schnell.

Er war ein Dichter. Die schwarzen Haare und die dunklen Augen bildeten einen hübschen Kontrast zu seiner blassen Haut. Im Zug nach Kalifornien las er Charlotte seine Geschichten vor. Geschichten, die nie in einem Happy End oder einer Tragödie endeten, sondern einfach zwischen zwei Gläsern abbrachen.

Der Erzähler fand seine Titelheldinnen in Bars und Kneipen, in denen Dunkelheit herrschte. Hier schien die Sonne auch am Tag nur durch verschlossene Vorhänge. Es wurde getrunken, gevögelt und gehofft.

»Und das ist alles so passiert?«, fragte Charlotte.

»Nie genau so.«

»Aber so in etwa, ja?«

Er lachte.

»Und sind die Frauen dir nicht böse. Zum Beispiel diese Lara. Seitenlang beschreibst du, wie sie untenrum aussieht. Das kann ihr doch nicht gefallen haben? Ich meine, falls es Lara wirklich gibt.«

»Sag ich denn etwas Schlechtes über sie?«

»Aber es geht doch niemanden etwas an.«

»Laras Möse sah aus wie jede andere. Ein Loch. Wäre das besser gewesen? Lara war nicht besonders klug, nicht besonders schön, sie war nichts Besonderes. Das ist die reale Lara. Die fiktive hingegen ist eine … eine Königin der Nacht. Das sollte ihr doch gefallen.«

»Ich weiß nicht. Die ganzen Frauen, sie … sie wirken so, na ja, so verloren.«

»Verloren sind wir alle. Du. Ich. Lara.«

Während der Sunset Limited durch Arizona fuhr, aßen Charlotte und der Dichter ein Sandwich in der Lounge Car und teilten später, zurück auf ihren Sitzen, eine Flasche Wein, die er mitgebracht hatte.

»Ich traf sie in einem Zug, sie sah aus wie die junge

Marlene Dietrich. Etwas Fremdes färbte ihre Worte. Sie trank meinen Wein. Als ich meine Hand unter ihren Rock schob ...«

»Was soll das werden?«, unterbrach Charlotte ihn.

»Ich schreibe deine Geschichte.«

»Ach ja?«

»Ach ja.«

»Du hast deine Hand nicht unter meinen Rock geschoben, und du wirst es auch nicht tun.«

»In meiner Geschichte schon.«

»So einfach ist das?«

Er nickte. »Versuch es.«

»Was?«

»Der letzte Mann, den du getroffen hast?«

»Terry«, sagte sie. »Terry aus ... aus ...« Sie holte das Stückchen Pappe aus ihrer Handtasche. »... Terry aus Myrthel Spring, Texas. Wir haben Rühreier gegessen. Dann hat er mich nach El Paso gefahren. Ende.«

Der Dichter lachte. »Myrthel Spring. Wir nennen die Geschichte Myrthel Spring.«

»Es ist doch gar keine Geschichte.«

»Myrthel Spring – schon der Titel ist poetisch ... Und eines Tages kamen sie nach Myrthel Spring, all die Verlorenen, Verkannten und Verwundeten, und sie fanden ... sie fanden ...« Er verstummte.

»Was fanden sie?«

Für einen Moment schloss der Dichter seine Augen. Dann sah er Charlotte an. »Ich weiß es nicht.«

»Ach ja?« Sie schüttelte den Kopf. »So einfach ist es dann doch nicht, wie?«

27

Als sie sich verabschiedeten, sagte keiner von ihnen:
Auf bald. Sie wünschten einander nur »Viel Glück!«

Irgendwo hatte Charlotte gehört, dass es in Los Angeles
nach Orangenblüten duften würde, doch es roch nach
allem Möglichen, nur nicht nach Orangenblüten.

Im Hotel roch es nach Fäulnis und getrocknetem
Schweiß, leicht überdeckt von einem Putzmittel, das sie
an ihre Mutter erinnerte. Charlotte bewohnte ein Zimmer in der achten Etage eines vierzehnstöckigen Gebäu-
des in Downtown.

Der Zufall hatte sie hierhergeführt. Für diejenigen, die
sich nur vom Schlag ihres Herzens leiten lassen, ist der
Zufall der einzige Wegweiser.

2

Freiheit

Collin Goodwin wuchs in Long Beach auf, bei seinem Vater und der halbverrückten Polin. Die halbverrückte Polin war Collins Großmutter. Der Junge hatte nie geglaubt, dass dieses seltsame Wesen tatsächlich mit ihm verwandt war.

Tagsüber arbeitete der Vater in einer Werkstatt. Er war Automechaniker. Nach der Arbeit kam er nach Hause, aß, was die Polin gekocht hatte, und dann verschwand er wieder. Die Wohnung schloss er von außen ab. »Zu eurer Sicherheit«, sagte Donald Miroslaw Goodwin zu Collin und der Großmutter. »Damit euch niemand klaut.«

Meist kam er erst im Morgengrauen zurück, schlief ein Stündchen auf der Couch, bis der Wecker klingelte. Ein blechernes Ungetüm, das ein Eigenleben zu führen schien. An manchen Tagen schellte der Wecker so laut, dass ganz Long Beach es hören musste, an anderen Tagen summte er nur leise, als wollte er niemanden stören.

Die polnische Großmutter weinte viel. Ihr Englisch beschränkte sich auf wenige Wörter. Du. Da. Ja. Nein. Essen. Ich Pole. Du Pole.

Sie roch ranzig. Vor allem aus dem Mund.

Collin sprach kein Polnisch und sein Vater nur gebrochen. Als Kind hatte Donald die Sprache seiner Mutter beherrscht, aber dann wurde Agnieszka halbverrückt und redete nur noch Unsinn. Die polnischen Unterhaltungen verschwanden aus dem Hause Goodwin.

Niemand konnte oder wollte Collin sagen, wo seine Mutter war. »Sie ist weg«, war die einzige Antwort, die er jemals bekommen hatte. Obwohl er keine Erinnerung an seine Mutter hatte, fehlte sie ihm. Nicht die Frau, die ihn rausgepresst hatte. Eine Mutter zu haben, das fehlte ihm. Selbst eine Stiefmutter hätte genügt. Jemand, der nachts bei ihm blieb, ihn nicht mit der Verrückten alleinließ.

Der Vater verbot Collin, die Großmutter verrückt zu nennen. »Halbverrückt. Sie ist halbverrückt, und das ist ein gewaltiger Unterschied.«

Jedes Mal, wenn der Vater die Tür abschloss, setzte Collins Herz für einen Moment aus. Warum musste er sie einsperren? Wer würde sie schon klauen? Eine verrückte Polin und ein Kind, damit kann doch keiner etwas anfangen.

Eines Nachts, als Collin schon fast eingeschlafen war, schrie die Großmutter. Es war nicht das übliche Weinen, an das er sich einigermaßen gewöhnt hatte. Er hielt den Atem an, bewegte sich nicht, hoffte, dass es aufhören würde. Aber die Alte schrie und schrie und schrie. Er schlich ins Wohnzimmer. Wie ein Tier wälzte die Großmutter sich auf dem Boden.

»Sei still«, sagte Collin. »Sei doch bitte still.«

Vorsichtig berührte er ihre Schulter. Sie verstummte. Dann sah sie ihn an. »Du Pole«, sagte sie. »Du Pole. Ich Pole. Du Pole.«

Sie richtete sich auf. Packte ihn bei den Armen und

schüttelte ihn, mit einer Kraft, die er ihr niemals zuge-
traut hätte. Mühsam machte er sich los. Lief zur Tür. Er
hatte Angst. Wollte raus. Doch die Tür, die verdammte
Tür war abgeschlossen.

Die Großmutter stand hinter ihm. »Du Pole«, brüllte
sie. Er dachte, sein Trommelfell würde zerspringen. Er
stieß sie zurück und rannte in sein Zimmer. Schob einen
Stuhl unter die Klinke und öffnete das Fenster. Sie wohnten im dritten Stock. Es war zu hoch.

Rittlings setzte er sich auf das Fensterbrett. Ein Bein
baumelte im Freien. Zumindest ein Bein war frei.

Am nächsten Tag erzählte er seinem Vater, was passiert
war.

»Du übertreibst«, sagte er.

»Sie hat mich gepackt. Sie ist verrückt.«

»Halbverrückt. Agnieszka ist halbverrückt. Und was
soll ich machen? Sie erschießen? Du bist doch ein Junge, ein starker Junge. Willst du mir etwa erzählen, dass
der alte Lappen da«, er deutete auf die Großmutter, »dir
Angst macht?«

»Bitte, Papa, schließ nicht mehr ab.«

»Damit euch jemand klaut, ja? Willst du das? Ja?«

»Papa. Bitte ...«

»Hör auf mit der Heulerei.«

»Niemand klaut Leute einfach aus der Wohnung. Und
schon gar nicht ...«

»Schluss jetzt«, sagte Donald.

Collin wusste nicht, dass dem Vater schon einmal
jemand aus der Wohnung geklaut worden war. Eines Abends war ein Mann gekommen und hatte Zoe

Goodwin mitgenommen. Dass Zoe freiwillig gegangen und der Mann ihr Geliebter gewesen war, hatte Donald verdrängt. Ebenso die Tatsache, dass Zoe ihn schon lange nicht mehr geliebt, ihre Schwiegermutter immer gehasst und das Kind niemals gewollt hatte. Zoe wurde geklaut – das war Donalds Wahrheit. Er ahnte, wie zerbrechlich seine Wahrheit war, deshalb behielt er sie lieber für sich.

Seit jenem Abend saß Collin jede Nacht auf dem Fensterbrett. Ein Bein in der Freiheit. Erst wenn der Vater zurück war, legte sich Collin in sein Bett. Der Schlaf verschwand aus den Nächten und flüchtete in die Tage. Aus dem recht guten Schüler wurde ein ziemlich schlechter. Im Unterricht konnte Collin sich nicht konzentrieren, manchmal fielen seine Augen einfach zu.

Seit ein paar Monaten wohnte Collin in Ozzys Garage, die er sich mit einem alten Crosley Super Station Wagon teilte. Das taubengraue Gefährt war sein erstes eigenes Auto.

Nachdem er die Highschool abgebrochen hatte, war er von Long Beach nach Los Angeles gezogen, hatte in den Küchen sämtlicher Diners gearbeitet.

Ein eigenes Zuhause konnte er sich nicht leisten. Meist war er in den vier Wänden fremder Menschen untergekommen. Manchmal wurden aus den Fremden fast Freunde. Meistens nicht.

Ozzys Garage empfand Collin als Aufstieg. Er, sein Auto, ein Bett. Das war nicht viel und auch nicht sehr schön, für Collin aber war es Freiheit.

Er hatte Ozzy im Whisky kennengelernt. Ein paar Stunden vorher hatte Mary Collin verkündet, dass er ausziehen müsse.

»Ich werde heiraten«, hatte sie gesagt.

»Heiraten? Wen?«

»Er heißt Bill.«

»Wusste gar nicht, dass du einen Freund hast.«

»Ist ziemlich frisch.«

»Und ihr heiratet?«

»Ja. Er hat noch nicht gefragt, aber ich habe da so ein Gefühl, und es wäre komisch, wenn ... na ja, wenn hier ein anderer Mann lebt. Ich will nicht, dass er denkt ... Tut mir leid, aber du musst ausziehen.«

Collin hatte sich bei Mary beinahe wohl gefühlt. Die Miete war günstig, das Apartment hübsch eingerichtet. Mary wusch seine Wäsche, ohne ihm etwas dafür zu berechnen, und abends wartete eine warme Mahlzeit auf ihn. Eigentlich ideal, wären da nicht Marys Annäherungsversuche gewesen. Hände, Knie, die Collin wie zufällig berührten. Mary war groß und dick. Ein dreiundzwanzigjähriges Mädchen mit zu engen Kleidern am Leib und zu viel Make-up im Gesicht.

Aber es war nicht ihr Äußeres, das Collin abschreckte, es war die Verzweiflung, die in ihren Augen flackerte. Ein Fünkchen dieser Verzweiflung wohnte auch in ihm. Manchmal, wenn Marys graue Augen ihn zu lange ansahen, glaubte er, in einen Zerrspiegel zu schauen. Das Gefühl, das er fürchtete, das er im Schach zu halten versuchte, wuchs unter ihrem Blick, breitete sich in ihm aus.

Ähnliche Augen wie Marys gab es zu Tausenden in Los Angeles. Menschen mit übergroßen Träumen, Menschen mit begrabenen Träumen und Menschen, die niemals Träume gehabt hatten.

Während Collin sich überlegte, wie es weitergehen würde, lief er ziellos durch die Nacht. Irgendwann landete er im Whisky a Go Go am Sunset Boulevard.

Wunderschöne Mädchen in kurzen Röcken tanzten ein paar Meter über dem Boden in Käfigen. Der ganze Raum war in Bewegung.

Collin drängte sich durch die Menge. Ein Bier in der Hand, lehnte er an der Wand. Etwas schien alle hier miteinander zu verbinden. Als wollten ihre bebenden Körper gemeinsam denselben Teufel austreiben. Nur Collin gehörte nicht dazu, seine Glieder waren steif. Und dann stand Ozzy vor ihm.

»Die da«, sagte er und deutete auf das hübscheste Mädchen, »war mal meine Braut.« Er lachte. »Verdammte Schlampe«, schrie er. Die Musik übertönte seine Worte. Außer Collin konnte niemand ihn hören.

»Komm, lass uns woanders hingehen. Ich kann es nicht ertragen. Verdammte Schlampe«, brüllte er noch einmal, das Mädchen fixierend. Dann wandte er sich Collin zu. »Wie heißt du, mein Freund?«

»Collin.«

»Komm, Collin, raus hier. Geht alles auf mich. Alles, was wir trinken, alles, was wir rauchen.«

Er legte seinen Arm um Collins Schultern und zog ihn nach draußen. »Wo steht dein Auto?«

»Ich hab keins, bin zu Fuß.«

»Kein Auto? Das müssen wir ändern. Ich hab zwei. Ich schenk dir eins.«

Ozzy war laut. Ein paar Leute drehten sich nach ihnen um. »Verpisst euch«, brüllte er.

Obwohl der bullige Mann mit den orangefarbenen Haaren und dem heftigen Temperament Collin nicht ganz geheuer war, stieg er in den Plymouth Fury.

»Was ist dein Problem? Mann, du siehst aus wie einer, der Probleme hat. Was ist es? Weiber? Kohle? Army? Du bist doch kein verfluchter Scheißhippie, oder? Freie Liebe. Wir sind alle gleich. Glaubst du den ganzen Scheiß?«

»Nein«, antwortete Collin und betete, dass Ozzy auf die Straße schauen würde, statt ihn weiter anzustarren.

»Nein, was? Keine Probleme? Kannst du jemand anderem erzählen.«

»Doch. Klar hab ich Probleme. Ich meine, nein, ich glaube nicht an das ganze Zeug von freier Liebe und so. Ich ...«

Ozzy lachte. »Los, erzähl! Was läuft falsch? Ozzy hört dir zu.«

Collin zögerte einen Moment. Doch während Ozzy viel zu schnell Richtung Hollywood fuhr, begann Collin zu reden, erzählte von Mary, von seinem Job, mit dem er sich gerade eben über Wasser halten konnte. Er sprach – und das hatte er noch nie getan – über die Verzweiflung. Dieses embryogroße Ding, das in ihm hauste. Das es kleinzuhalten galt. Davon, dass er Angst hatte, was geschehen würde, wenn er es nicht beherrschen könnte.

»Mann«, sagte Ozzy, »du wohnst bei 'ner fetten Schlampe, die dich heiß findet. Und weil du sie nicht bumsen willst, schmeißt sie dich jetzt raus. So was passiert. Du bist ein kleiner Schisser. Du musst dich mal ein bisschen lockermachen. Jetzt hast du Ozzy. Ozzy wird dir aus der Scheiße helfen.«

Von seinem Bungalow aus konnte man den Hollywood Freeway sehen. Neben dem Bungalow war eine Garage. Ozzy öffnete das Tor.

»Das ist dein neues Zuhause. Gibt sogar ein Klo und ein Waschbecken. Duschen kannst du im Haus. Und das ...«, er deutete auf den Crosley Super Station Wagon, »... das ist dein neues Auto. Fährt leider nicht, muss man ein bisschen Arbeit reinstecken.«

Collin fühlte sich wie in einem Traum. Ein Zuhause, das er sich mit niemandem teilen musste. Ein Auto, ein eigenes Auto.

»Was ... was willst du dafür?«, fragte er vorsichtig. Die meisten Träume konnte er sich nicht leisten.

»Für was?«

»Das Auto. Die Garage.«

»Hast du was auf den Ohren? Ich hab doch gesagt, ich schenk dir das Auto? Und die Garage? Ist bloß 'ne verdammte Garage. Bleib, solange du willst.«

Warum?, überlegte Collin, wagte aber nicht, es auszusprechen. Ozzy könnte dämmern, dass er gar keinen Grund hatte, Collin ein Auto zu schenken und ihn in seiner Garage wohnen zu lassen.

Mary weinte beim Abschied am nächsten Abend. »Es hätte auch alles anders kommen können. Du und ich ...«

»Ich wünsch dir viel Glück«, antwortete Collin und stieg in Ozzys Plymouth Fury. Mary lehnte am Türrahmen und winkte. Tränen, so viele Tränen rannen über ihre Wangen.

»Kein Wunder, dass du sie nicht pimpern willst«, sagte Ozzy. »Die sieht aus wie ein Schrank.«

»Ein Schrank?«

»Ja, Mann, ein Schrank. Und wer will schon einen Schrank pimpern.«

Als sie Collins Matratze und seinen spärlichen Besitz in der Garage verstaut hatten, klopfte Ozzy ihm auf die Schulter.

»Und jetzt fragst du dich wahrscheinlich, was ich dafür haben will.«

»Was?«

»Na ja, die Garage, das Auto.«

»Ich ... ich ... also ...«

»Ja?«

»Ich dachte ... Gestern hast du ... Ich meine ... Okay, was willst du dafür haben?«

»Mann, scheiß dich nicht an, mein Freund. War 'n Witz. Ist geschenkt. Hab ich doch gesagt. Glaubst du, Ozzy lügt?«

In der Nacht öffnete Collin das Tor. Er hockte auf dem Boden, den Rücken gegen den Rahmen gelehnt, das linke Bein in der Freiheit. Das Leben ist gut, dachte er und blickte sich um. Er wollte es sich genau einprägen:

Das taubengraue Auto.

Ein Tor, das er immer öffnen konnte.

Der Mond hinter einer dünnen Wolkenschicht.

Eine Spinne, die über den Beton krabbelte.
Die Lichter der Stadt.
Das ewige Summen des Hollywood Freeway.
Ein vollkommener Augenblick.

3

Offenbarung

Ozzy besorgte Collin einen Job als Nachtportier in einem Hotel in Downtown. Die Art-Deco-Lobby war prächtig. Marmorsäulen und Skulpturen. Doch das vierzehnstöckige Hotel war nicht für seine schöne Lobby bekannt, sondern für zwei Selbstmorde, einen Mord und einen ungeklärten Todesfall. Es gab Zimmer mit Bad und Zimmer ohne Bad. Es gab Gäste, die auf der Durchreise waren, und Gäste, die auf unbestimmte Zeit hier wohnten. Ihre Barschaft reichte für ein paar Nächte oder mehrere Wochen. Das Hotel war ihre Zuflucht. Manchmal ihr letzter Halt. In den Augen vieler brannte die Verzweiflung.

Der steinerne Tresen der Rezeption und sein neues Leben schafften Distanz zwischen Collin und ihnen. Er fühlte sich gewappnet.

Der Station Wagon war repariert, und da Collin keine Miete zahlte, hatte er mehr Geld als je zuvor. Er konnte den Verzweifelten furchtlos ins Gesicht schauen. Vielleicht, so dachte er, hatte dieses ungute Gefühl ihn ganz verlassen.

Manche Gäste erzählten Collin ihre Geschichte. Jungs aus Idaho oder Oklahoma, die zum Film wollten. Geschäftsleute auf der Flucht vor Gläubigern. Spieler, die zu oft auf die falsche Zahl, auf das falsche Pferd gesetzt hatten. Frauen und Männer mit gebrochenen Herzen.

Und dann, eines Nachts, stand sie vor ihm. Nur in ein dunkelrotes Negligé gehüllt. Entschlossenheit in ihren dunkelblau umrandeten Pupillen.

»Im Zimmer neben mir weint jemand. Seit Stunden«, sagte sie.

»Das ... das tut mir leid.« Die blonde Frau hatte einen seltsamen Akzent.

»Ich kann nicht schlafen. Es ist laut. Unnatürlich laut. Können Sie etwas dagegen tun?«

Collin lehnte sich weit über den Tresen, um ihr näher zu sein. Immer wieder würde er Charlotte von ihrer ersten Begegnung erzählen. »Du hattest nur ein Nachthemd an, und du sahst so ... so vollkommen aus. Alles in meinem Kopf begann zu schwirren.«

»Ich habe diese Wirkung auf Männer«, sagte sie dann lachend.

»Möchten Sie ein anderes Zimmer?«, fragte Collin und versuchte, sie nicht anzustarren.

Sie schüttelte den Kopf. »Können Sie nicht mit diesem Menschen reden? Können Sie ihm nicht sagen, dass er ruhig sein soll?«

Das Weinen war schon auf dem Gang zu hören. Ein Wehklagen, das in den Ohren schmerzte.

Als Collin an der Tür klopfte, stand die blonde Frau hinter ihm. Er spürte ihre Wärme.

»Klopfen Sie fester.«

Er gehorchte. Hämmerte gegen das Holz. Niemand öffnete.

»Hier spricht das Hotel«, sagte er schließlich.

»Sie sind doch nicht das Hotel«, zischte Charlotte und stieß ihm ihren Ellbogen in die Rippen.

»Hier spricht das Management, öffnen Sie die Tür. Sonst sehe ich mich gezwungen, Gewalt anzuwenden.« Etwas Ähnliches hatte er jemanden mal in einem Film sagen hören. Es klang souverän, dachte er.

»Was soll das denn?«, fragte sie. »Haben Sie keinen Schlüssel? Einen Generalschlüssel? Sie müssen doch einen Generalschlüssel haben.«

Collin nickte.

»Dann schließen Sie auf. Worauf warten Sie noch?«

Eine Nachttischlampe brannte. Auf dem Bett lag ein junger Mann, etwa so alt wie Collin. Als sie das Zimmer betraten, verstummte er. Seine Augen waren verquollen. Seine Haare kurz geschoren.

Er richtete sich auf, blickte von einem zum anderen. »Hat man Sie geschickt? Ich kann nicht. Ich kann nicht. Ich dachte ... ich dachte, ich könnte. Aber ich kann nicht.« Er zitterte, schüttelte heftig den Kopf. »Ich kann nicht. Ich kann nicht«, wiederholte er immer und immer wieder.

Während Collin überlegte, was zu tun sei, setzte Charlotte sich neben den traurigen Mann. »Was haben Sie denn nur?« Ein Hauch von Vorwurf lag in ihrer Stimme. Collin spürte Eifersucht. Eifersucht auf den Fremden.

Ein Schritt. Zwei Schritte. Dann saß auch er auf dem Bett.

Der Zufall hatte sie hier aufgereiht.

In der Mitte Charlotte.

Zu ihrer Rechten Collin.

Zu ihrer Linken Bob.

Bob war 19 Jahre alt. Geboren in Santa Ana, Orange County. Er hatte sich freiwillig zu den Marines gemeldet. Weil sein Vater vor 26 Jahren das Gleiche getan hatte. Weil sie ihn früher oder später sowieso eingezogen hätten. MCRD San Diego, Bootcamp. Camp Pendleton, Infanterie-Training. Er war stark, mutig, ein guter Schütze. Mit Bravour hatte er seine Ausbildung absolviert. Bob, ein Marine. Wie sein Vater.

Das hier ist mein Gewehr!

Es gibt viele andere, aber dies ist meins!

Mein Gewehr ist mein bester Freund! Es ist mein Leben!

Ich muss es meistern, wie ich mein Leben meistern muss!

Ohne mich ist mein Gewehr nutzlos! Ohne mein Gewehr bin auch ich nutzlos!

Mein Gewehr verfehlt sein Ziel nie!

Ich muss schneller schießen als mein Feind, denn sonst tötet er mich!

Ich muss ihn erschießen, bevor er mich erschießt!

Das werde ich!

Bob sollte jetzt eigentlich in seinem Kinderzimmer in Santa Ana liegen. Schlafend, nicht weinend.

Eine Woche lang hätte ihn seine Mutter bekochen, sein Vater stolz auf ihn sein können. Er hätte mit seiner Freundin Bridget ins Kino gehen können. Stattdessen hatte er sein Auto aus der Garage geholt und einen Brief auf den Küchentisch gelegt. Mitten in der Nacht. Wenige Worte. Er wolle bis zum Abflug allein sein. Der Vater würde es verstehen, die Mutter nicht. Bridget hatte er in diesem Moment ganz vergessen. Keinen Gruß an sie hinterlassen. Keine Schwüre, keine Versprechen. Bridget mit den erdbeerblonden Haaren und dem Lachen eines Zickleins. Sie würde wütend sein, traurig. Immerhin, sie konnte ihren Freundinnen davon erzählen: ›Er hat nicht mal Lebewohl gesagt.‹ Ein Haufen alberner Mädchen würde winzige Schreie des Entsetzens ausstoßen und ›Was für ein Schuft!‹ rufen. ›Was für ein elender Schuft! Arme Bridget. Unfassbar. Unglaublich.‹ Wie ihre eigenen Mütter würden sie klingen. Aber auch ihre Mütter klangen meist nicht wie sie selbst.

Morgen würde der Schuft nach Okinawa, Japan fliegen. Dann Vietnam.

Auf dem Weg von Camp Pendleton nach Santa Ana war die Angst gekommen, vielleicht war sie schon früher da gewesen, nur hatte Bob sie nicht bemerkt. Sie war wie ein unscheinbares Mädchen. Nicht hässlich oder hübsch genug, als dass sie einem gleich auffallen würde. Eines Tages steht sie direkt vor einem und lächelt. Dann lässt man sie nicht mehr aus den Augen.

»Geh nicht, tauch unter«, sagte Collin. »Kanada. Da kann dich niemand finden.«

Bob schüttelte den Kopf. »Vietnam. Vietnam«, flüsterte er, einer todbringenden Zauberformel gleich.

»Ich kannte mal einen Japaner. Ich dachte, er wäre ein Chinese, und ich dachte, ich würde ihn eines Tages heiraten. Aber er war sehr alt und ich nur ein Kind. Er ist tot, schon lange«, sagte Charlotte.

»War das in Vietnam?«, fragte Collin.

»Nein. Warum?«

»Ich dachte nur, weil Bob«, er zeigte auf den Soldaten, »von Vietnam gesprochen hat.«

»Er hat auch etwas über Japan gesagt. Und außerdem ist das ja alles sehr gleich, nicht wahr?«, fragte sie an beide gewandt.

Während Collin nickte, ballte Bob die Hände zu Fäusten. »Ich darf keine Angst haben«, sagte er, »keine Angst.«

»Jeder hat Angst, zumindest ein bisschen, vor ... vor bestimmten Dingen«, entgegnete Collin. »Ich ... ich habe Angst vor verschlossenen Türen.« Verblüfft über sein eigenes Geständnis, zuckte er zusammen.

Offenbarung. Offenbarung. Doch es folgte kein Gewitter, keine Frage. Götter und Menschen reagierten mit Gleichgültigkeit. Bob hatte nicht zugehört, und Charlotte gähnte.

Dann stand sie auf. »Versprichst du mir, nicht mehr zu weinen?« Sanft berührte sie Bobs Arm. »Oder ein bisschen leiser, wenn es nicht anders geht?«

Bob und Collin blickten ihr nach, als sie aus dem Zimmer verschwand.

»Ich sollte auch gehen«, sagte Collin schließlich. »Gute Nacht.«

»Seid ihr ein Paar?«, fragte Bob.

»Wer?«

»Du und die Blonde.«

»Nein.«

In der Tür drehte Collin sich noch einmal um. »Pass auf dich auf«, sagte er. »Pass gut auf dich auf.«

Der Marine schaute ihn an. In diesem Moment sah Bob tatsächlich aus wie ein Krieger, der sein Gewehr und sein Leben meistern würde. Der schneller schießen würde als sein Feind. »Du bist auch bald dran.« Es klang wie eine Drohung.

Collin lächelte. »III A.«

»Was ist III A?«

»Meine Großmutter. Ich kümmere mich um meine Großmutter.«

»Das ist doch nur 'ne Ausrede. Ne beschissene Ausrede.«

»Irgendwie ja, aber ...« Weiter kam Collin nicht.

»Hau ab!«, schrie Bob. »Raus, raus hier!«

Es dämmerte, als Collins Schicht im Hotel endete und er in den Station Wagon stieg.

Er ging nicht in die Garage, sondern in den Bungalow. Ozzy lag auf der Couch. Das Wohnzimmer roch nach Wein und altem Rauch.

»Ozzy? Ozzy. Ich bin's. Wach auf, wach auf!«

Collin rüttelte an den Armen des Sofas, an Ozzys Armen, bis der seine Augen öffnete. Blutunterlaufen von zu viel Alkohol und zu wenig Schlaf.

»Ozzy, ich hab mich verliebt«, sagte Collin.

Langsam setzte Ozzy sich auf. »Und deshalb veranstaltest du hier so ein Buhei? So ein Scheiß. Ich verlieb mich jeden Tag. Manchmal drei Mal in einer Stunde. Soll ich dir jedes Mal eins auf die Fresse hauen, wenn es so weit ist? Verliebt. Ich bin auch verliebt, na und?«

»Nein, nicht so. So … na ja, richtig. Richtig verliebt.«

Und dann erzählte er von der blonden Frau in dem dunkelroten Negligé und von dem weinenden Soldaten.

Ozzy lachte. »Du bist hier und sie in einem Hotelbett. Das ist keine Liebesgeschichte, mein Freund.«

Die Liebesgeschichte begann am nächsten Abend. Sie hatte ihren Koffer gepackt. Ihr Rock war eng, die Bluse tief ausgeschnitten. Sie stand an der Rezeption, als Collin seinen Dienst antrat.

»Der Soldat ist fort, und ich möchte auch nicht hierbleiben. Ich mag dieses Hotel nicht. Wo wohnst du?«, fragte Charlotte.

»In Hollywood. In einer Garage«, antwortete Collin. Eigentlich hatte er später an ihre Zimmertür klopfen wollen, um zu fragen, ob er sie irgendwann ausführen dürfe. Vergessen waren die zurechtgelegten Sätze.

»Eine Garage? Das ist auch nicht sehr schön. Aber besser. Wusstest du, dass hier Leute ermordet wurden? Und dass zwei Frauen aus dem Fenster gesprungen sind?«

Collin nickte.

»Wie kann man nur aus dem Fenster springen?«

»Wie kann man nur?«, sagte er leise.

»Wann gehen wir?«

»Was?«

»Wann bist du fertig?«

»Ich? Um … um halb sechs.«

»Dann warte ich«, antwortete sie bestimmt.

»Auf mich?«

»Ja. Oder ist da kein Platz in deiner Garage?«

»Platz?«

»Ich meine, ich kann auch in ein anderes Hotel, aber ...«

»Nein. Nein.« Jetzt erst verstand er. »Natürlich ist da Platz.«

Er hatte kräftige Arme, ein sanftes Gemüt und eine Garage. Diejenigen, die sich nur vom Schlag ihres Herzens leiten lassen, finden, was sie brauchen.

4

Schiffe

Wenn Collin abends ins Hotel fuhr, lud Ozzy Charlotte manchmal in den Bungalow ein. Seine Drinks waren stark, das Radio bis zum Anschlag aufgedreht. Viel hatten sich die beiden nicht zu sagen. Die Musik übertönte ihr Schweigen, und der Alkohol lockerte die Stimmung.

Warum Ozzy sie überhaupt einlud, blieb Charlotte bis zu jenem Abend ein Rätsel.

»Muss mal kurz raus«, sagte er, während Charlotte, vom Whiskey benommen, auf dem Sofa saß.

Jedes Mal verschwand er eine Weile, und jedes Mal wunderte sie sich. Doch die Verwunderung hielt nur einen Wimpernschlag lang. Ozzys Drinks machten sie gleichgültig und vergesslich.

»Bin gleich wieder da«, sagte er.

Charlotte nickte, die Augen halb geschlossen. Ihr Magen krampfte, die Knie zitterten. Jameson und frittierte Hühnerbeine stiegen in ihr hoch. Und Erinnerungen an ihr altes Leben in Deutschland. Sie würgte.

»Ozzy?« Aber Ozzy war schon aus der Tür und Petula Clarks *Downtown* zu laut, als dass er Charlotte noch hätte hören können. Dunkelbraun platschte es auf den hellbraunen Kachelboden.

»Ozzy?«, rief sie noch einmal.

Sie stand auf, stolperte zur Tür, öffnete sie. Kühle Nachtluft füllte ihre Lungen. Sie setze einen Fuß vor den anderen. Fünfzehn Schritte bis zur Garage. Auf halber Strecke blieb sie stehen. Ein Auto parkte vor dem geöffneten Tor. Den Wagen kannte sie nicht, auch nicht die zwei Männer, die mit Ozzy und einem Seesack aus der Garage kamen. Das schwere Gepäckstück – alle drei mussten anpacken – wurde im Kofferraum verstaut. Schulterklopfen, gedämpfte Stimmen. Einer der Männer gab Ozzy ein Papierbündel, das er in seine Hosentasche stopfte. Das hier war nicht für Charlottes Augen bestimmt.

Alle Benommenheit wich aus ihrem Körper. Sie lief zurück in den Bungalow und holte einen Lappen aus der Küche. Als Ozzy wiederauftauchte, wischte sie gerade den Boden.

»Was machst du da?«, fragte er und stellte das Radio ab.

»Ist einfach rausgekommen.«

Er kniete sich neben sie. »Setz dich aufs Sofa«, sagte er und nahm ihr den Lappen aus der Hand. »Ozzy macht das schon. Bin doch 'n netter Kerl.«

»Wo warst du?«, fragte sie.

»Wo ich war? Draußen.«

»Und was hast du draußen gemacht?«

Er schaute sie nicht an. »Kann nicht die ganze Zeit stillsitzen, weißt du? Ist so 'n Tick. Ozzys Beine müssen zappeln.« Er hielt den Lappen hoch. »Verträgst nicht viel, was?« Ein aufgesetztes Lachen.

Ruckartig erhob er sich und marschierte in die Küche,

Charlotte folgte ihm. Er drehte den Wasserhahn auf, hielt den verdreckten Lappen unter den Strahl.

»Danke«, sagte Charlotte.

»Danke für was?«

»Danke, dass du das aufgewischt hast.«

»Kein Problem. Hab doch gesagt: Ozzy ist 'n netter Kerl.«

»Und danke, dass ich hier wohnen darf.«

Er sagte nichts. Charlotte zog ihn an sich. Ihre Hände fuhren über seinen Körper, ihre Lippen küssten seinen Hals.

Fast hätte er sich gehen lassen. Doch dann stieß er sie weg. »Hör mal«, sagte er in ungewohnt ernstem Ton, »ich hab schon mit Collin geredet. Du kannst hier nicht bleiben. Ich meine ...«

Sie lächelte. »Stör ich dich?«

»Was«, er zuckte zusammen, »was redest du da? Was ...«

»Na ja«, sagte sie.

»Und was soll das heißen: ›Na ja‹?«

»Na ja heißt na ja.«

Unsanft packte er sie an den Armen. »Wenn du es genau wissen willst. Ja, du störst. Du störst Ozzy gewaltig.«

Mit einer schnellen Bewegung befreite sich Charlotte aus seinem Griff. »Dann gute Nacht«, sagte sie. »Ich will nicht länger stören.«

Ihr Herz schlug schnell. So schnell. Sie lief in die Garage, nahm ihren kleinen Koffer. Viel Zeit würde ihr nicht bleiben. Bald würde Ozzy bemerken, was ihre streichelnden Hände getan hatten.

Sie rannte den Hollywood Boulevard ostwärts.

Straßen, fremd und vertraut. »Verweile nicht!«, rief der Asphalt. Hier darf man sich nicht ausruhen, sonst bleibt man für immer sitzen. Wie die alte Frau dort an der Ecke mit dem schmutzigen Gesicht und den zwei fadenscheinigen Decken. Niemand würde sie retten, und das bisschen Stoff würde sie nicht warmhalten.

Mir kann nichts passieren, dachte Charlotte, mir nicht.

Schneller bewegten sich ihre Beine, schneller schlug ihr Herz.

Als Charlotte die Lobby betrat, lief Collin ihr entgegen. Er sah blass aus. Nervös. »Was hast du getan? Was ist passiert?« Seine Hände wussten nicht wohin. Fuchtelten herum, streiften ihre Schultern, ihr Haar.

»Er war schon hier?«, fragte sie in ruhigem Ton und nahm Collins Hände, hielt sie fest.

»Er sagt, er wird dich umbringen. Er ... er sucht nach dir. Was hast du getan?«

Sie lächelte. »Wir müssen los.«

»Ich kann nicht einfach weg.«

»Und ob du kannst.«

Als sie das Hotel verließen, blickte Collin sich noch einmal um. »Hoffentlich springt niemand aus dem Fenster«, sagte er.

Charlotte ließ seine Hand erst los, als sie vor dem Station Wagon standen.

»Wohin?«, fragte er.

»Fort«, sagte sie.

Überfordert von den Möglichkeiten, entschied er sich für Zurück. Süden. Long Beach.

Charlotte erzählte ihm, was geschehen war.

»Irgendwas hat Ozzy verkauft, irgendwas versteckt er in der Garage. Leichen vielleicht.«

»Das hätten wir doch bemerkt«, sagte Collin.

»Ach ja und wie?«

»Leichen stinken. Und wer bezahlt schon Geld dafür? Und …«

»Dann etwas anderes, etwas Verbotenes. Deshalb wollte er, dass ich verschwinde. Deshalb hat er dir den Job als Nachtportier besorgt. Damit du ihm nicht in die Quere kommst.«

»Warum hat er mich dann überhaupt in der Garage wohnen lassen?«

»Falls … falls er erwischt wird von der Polizei oder … Na ja, dann kann er sagen: Gehört mir nicht, muss Collin gehören. Der wohnt schließlich hier.«

»Aber was denn?«

»Was immer er verkauft hat.«

»Das klingt verrückt«, sagte Collin.

Seufzend warf Charlotte ein dickes Bündel Scheine in seinen Schoss.

»Wir können machen, was wir wollen«, sagte sie. »Niemand sollte in einem Hotel arbeiten, in dem Menschen aus dem Fester springen.«

Collin blickte kurz auf das Geldbündel. »Wie viel ist das?«

»Hab nicht gezählt, aber schau doch, wie dick es ist. Alles Hunderter.«

»Hunderter«, wiederholte er tonlos.

»Freust du dich nicht? Also ich freu mich.«

Es war nicht das Geld selbst. Als junge Frau brauchte

Charlotte keine teuren Kleider, kein luxuriös eingerich-
tetes Haus. Es war die Art und Weise, wie sie das Geld
beschafft hatte, die sie berauschte.

»Was ist, wenn Ozzy uns anzeigt?«, fragte Collin.

»Wird er nicht.«

»Warum?«

»Du kapierst es nicht. Was immer Ozzy da verkauft
hat. Es ist etwas Verbotenes. Er ist kriminell. Vielleicht
sogar ein Mörder.« Sie lachte. »Ich dachte, du würdest
dich freuen. Und jetzt verdirbst du alles.« Sie legte ihre
Hand auf sein Knie. Die Wärme tat ihm gut.

Er kannte Charlotte nun seit einigen Wochen, wusste,
wie sich ihre Haut anfühlte, ihr nackter Körper, wenn er
neben ihr lag. Manche Nachmittage hatten sie am Meer
verbracht. Neun Mal hatten sie *My Fair Lady* im Kino
gesehen. Charlotte hatte den Film ausgesucht.

An seinen freien Abenden waren sie durch die Bars und
Clubs am Sunset Boulevard gezogen. Obwohl Charlotte
sich auf der Tanzfläche im Rhythmus der anderen bewegte, ging sie nie in der Menge unter.

Charlotte ließ sich nicht fassen. Auch die Geschichten, die sie Collin über ihr altes Leben in der alten Welt
erzählt hatte, machten sie nicht greifbarer. Eine Stadt
namens Heidelberg, Helga, die Haushälterin, der ameri-
kanische Offizier. Ein Japaner, der wunderschön Flöte
spielen konnte. Sie war auf einem Schiff gekommen, und
jetzt saß sie neben ihm. Die Furcht, sie könnte einfach
verschwinden, verließ Collin nicht.

»Versuch doch wenigstens, dich ein bisschen zu freuen«,
sagte sie. Ihre Hand ruhte noch immer auf seinem Knie.

Er nickte. »Ja, ich freue mich«, sagte er. Dann lauter und enthusiastischer: »Ich freue mich!«

Wenig später erreichten sie das Haus seiner Kindheit. Die Wohnung, in der sein Vater und die Großmutter lebten.

»Wo sind wir?«, fragte Charlotte, als Collin vor dem Gebäude parkte. Obwohl Long Beach weniger als eine Autostunde von Los Angeles entfernt lag, hatte Collin seinen Vater und die Großmutter nur selten besucht. Jahre waren vergangen. Das letzte Mal war das Haus noch weiß gewesen, jetzt war es hellblau.

Fast Mitternacht. Die Haustür stand offen. Dritte Etage. Collin hoffte, dass der Vater zu Hause sein würde, denn die verrückte Polin würde nicht – konnte nicht – öffnen.

»Wir bleiben eine Nacht. Morgen überlegen wir weiter«, sagte er zu Charlotte. »Hier kann uns keiner klauen.«

Er klopfte. Die Klingel hatte noch nie funktioniert.

»Wer da?«, rief Donald Miroslaw Goodwin durch die verschlossene Tür.

»Ich bin's.«

Die Tür ging auf.

»Collin«, sagte Donald. »Du ...? Und wer ...?«

»Das ist Charlotte.«

Donald schüttelte ihr die Hand. »Charlotte. Sehr schön. Sehr schön«, sagte er und verbeugte sich, ohne ihre Hand loszulassen.

»Hallo«, sagte Charlotte und löste ihre Hand aus seinem Griff.

»Können wir heute Nacht hier schlafen?«, fragte Collin.

»Selbstverständlich. Kommt rein. Kommt rein.«

Die Wohnung roch nach Männerschweiß und Chili.

Agnieszka stand im Wohnzimmer. In ihrem bodenlangen Nachthemd und mit den weit aufgerissenen Augen sah sie aus wie die Insassin einer Irrenanstalt eines längst vergangenen Jahrhunderts.

»Geh ins Bett«, sagte Donald.

»Du Pole«, sagte sie und zeigte auf Charlotte. »Du Pole.«

»Ich?«, fragte Charlotte.

»Du Pole. Ich Pole.«

Charlotte lächelte. »Nein. Ich bin keine Polin.«

»Du Pole. Ich Pole«, wiederholte die Alte. »Du Pole. Ich Pole.«

»Das reicht«, sagte Donald schließlich. »Geh ins Bett. Sofort.«

Agnieszka schnaufte verächtlich und ging in ihr Zimmer.

»Sie ist halbverrückt«, sagte Donald an Charlotte gewandt. »Leider.«

Donald bot alles auf, was der bescheidene Haushalt hergab. Ein paar Flaschen Bier. Ein Glas Mezcal, den ein Kollege aus Mexiko mitgebracht hatte. Eine Schüssel Honey Comb mit Schokoladenmilch, aufgewärmtes Chili vom Vortag. Charlotte nahm alles, nur das Chili lehnte sie ab.

Während sie aßen und tranken, redete Donald ohne Unterlass. Er erzählte von Motoren und von einem anderen Kollegen, der seinen Bruder erschossen hatte.

Er gab ein paar Witze zum Besten, über die er selbst am lautesten lachte. Berichtete, dass der Fernseher kaputt sei und dass er mit dem Rauchen aufgehört habe. Beinahe jedenfalls. Nur noch ein halbes Päckchen am Tag. Zwischendurch stellte er Fragen: Was Collins Job mache? Ob sie verlobt seien? Wie ihre Zukunftspläne aussähen? Sie hätten doch welche, oder? Die Antworten waren vage und knapp. Das schien ihn nicht zu stören. Er redete und fragte.

»Es tut mir leid. Ich bin schrecklich müde«, sagte Charlotte nach dem dritten Bier. Donald nahm es mit einem traurigen Nicken hin.

Collins Kinderzimmer war unverändert, aber nicht aus nostalgischen Gründen. Donald besaß nichts, was er dort hätte unterbringen wollen. Er brauchte kein Büro. Kein Gästezimmer. Er hatte keine Freunde oder Verwandten. Er hatte kein Hobby, das nach einem Werkraum verlangte.

Collin gab Charlotte ein Handtuch, zeigte ihr das Bad. Als sie zurückkkam, in ihrem dunkelroten Negligé, saß er auf dem Fensterbrett. Ein Bein in der Freiheit.

»Es ist kalt«, sagte Charlotte.

»Alte Gewohnheit.« Er schloss das Fenster.

Eng aneinandergeschmiegt, lagen sie in dem schmalen Bett. Der Mezcal und die Aufregung der letzten Stunden versetzten Collin in einen tiefen Schlaf. Charlotte lag wach. Das Bier drückte ihr auf die Blase. Sie wartete, bis sie es nicht mehr aushalten konnte. Im Dunkeln schlich sie ins Badezimmer. Knipste das Licht an. Sie pinkelte. Betätigte die Spülung. Charlotte betrachtete ihr Gesicht im Spiegel. Sie sah ihrer Mutter kein bisschen ähnlich. Und das ist gut so, dachte sie. Gerade als sie ihr Spiegelbild küssen wollte, öffnete sich die Tür. Agnieszka. »Schhh«, machte sie, legte ihre Finger auf den faltenumrahmten Mund. »Schhh!«

Charlotte nickte.

In der Hand hielt die Alte eine Fotografie.

»Ich Pole. Du Pole«, sagte sie leise und zeigte Charlotte das Bild. Schwarz-Weiß. Leicht verblasst. Eine junge Frau an Deck eines Schiffes. Lachend. Entschlossenheit in ihrem Blick.

»Ich«, sagte die Alte.

»Du?«, fragte Charlotte und betrachtete die Fotografie genauer. Sie konnte nicht glauben, wie hübsch diese runzelige Frau gewesen war.

»Ich«, bestätigte Agnieszka.

»Wir sind beide auf einem Schiff gekommen. Aber ich bin nicht aus Polen«, sagte Charlotte.

»Nein?«, fragte Agnieszka.

»Nein. Aber ich bin auf einem Schiff gekommen.« Charlotte betonte jedes Wort.

»Ja«, sagte die Alte. »Da!« Sie gab Charlotte das Bild.

Die beiden Frauen sahen sich an.

Einen Augenblick lang schien ein unsichtbarer Faden sie zu verbinden. Gesponnen aus den Träumen und Tränen, den Ängsten und Hoffnungen all ihrer Schwestern, die vor ihnen ein Schiff bestiegen hatten, die nach ihnen an Deck gehen würden.

5
Siebzehn Knochen

Collin kauerte auf einer eisernen Pritsche. Die Tür war geschlossen. Abgesperrt. Von außen.

Er dachte an Charlotte, die irgendwo da draußen versuchte, einen Anwalt aufzutreiben. Sie würde es schaffen. Bald würde er wieder frei sein. Das war nicht das Ende ihrer Reise.

Eine Reise? Das Leben? Es hatte am Morgen nach ihrer Flucht begonnen.

Donald war bereits in der Werkstatt, als Charlotte und Collin aufwachten. Die verrückte Polin schlief noch.

In der Spüle leere Bierflaschen und schmutziges Geschirr. In der Luft der Geruch von Chili. Sie tranken Kaffee. Lächelnd hielten sie sich an ihren Tassen fest, warteten darauf, dass der andere etwas sagte.

»Und jetzt?«, fragte Charlotte. Genau das hatte Collin auch fragen wollen. Nun musste er antworten, sonst würde es nicht weitergehen.

»Wir sollten los«, sagte er. ›Los‹ klang gut.

Der Vergnügungspark The Nu Pike lag nicht weit von dem hellblauen Haus entfernt. Ein Plan musste geboren werden. Ein Kind, gemacht aus gestohlenem Geld, einem taubengrauen Station Wagon und, ja, aus Liebe. Ein solches Wesen konnte nicht an einem Küchentisch zur

Welt kommen. Der Vergnügungspark mit seinen Achter-
bahnen, Zerrspiegeln und Snow Cones schien Collin der
einzig angemessene Ort.

Das Karussell drehte sich im Kreis.

»Wir fahren einfach. Es wird sich schon alles finden«,
rief Charlotte lachend. Auch Collin lachte und gab dem
hölzernen Pferd die Sporen.

Sie fuhren die Küste entlang, von Süden nach Norden
ins Landesinnere und dann von Norden nach Süden.
Zurück zur Küste. Im Kreis. Die Grenzen Kaliforniens
überquerten sie nicht. Collin war noch nie woanders gewesen. In Kalifornien fühlte er sich sicher.

Sie hatten Mammutbäume berührt und sich im Tal
des Todes geliebt. Sie hatten Austern in San Francisco
gegessen und Muscheln in San Diego gesammelt. Sie hatten den Big Bear Lake durchschwommen und die White
Mountains gesehen. Bald würden in Stanislaus County
die Mandelbäume blühen.

Es war Freitag, der 11. Februar 1966. Das Cover des
Life Magazine zeigte zwei verwundete Soldaten. Der
Kopf des einen bandagiert. Aufrecht sitzt er da. Das
rechte Auge zum Himmel gerichtet. In seinem Schoß
der bandagierte Kopf des anderen, der einen Becher oder
eine Büchse in der Hand hält. Etwas Metallenes, etwas
Blechernes.

Collin legte die Zeitschrift zu den zwei Colaflaschen
und der Keksschachtel auf den Tresen, bezahlte und ging
zum Auto.

»Schau mal«, sagte er, als er auf dem Fahrersitz Platz
genommen hatte. »Sieht der nicht aus wie Bob?«

»Wer ist Bob?«, fragte Charlotte und warf einen flüchtigen Blick auf das Cover.

»Bob, der Marine. Die Nacht, in der wir uns kennengelernt haben.«

Charlotte öffnete die Kekse. »Ach, der«, sagte sie und schob sich einen Schokoladencookie in den Mund. »Weiß nicht. Kann sein, kann aber auch nicht sein.«

»Er sieht genauso aus«, sagte Collin bestimmt, dann stutzte er. »Aber das sind keine Marines. Er war doch ein Marine?«

»Was?«, fragte Charlotte.

»Bob war ein Marine, das hier sind Army-Soldaten. Die Uniform«, erklärte Collin.

»Dann ist er es eben nicht.«

»Aber die Ähnlichkeit ist so …«

»Es gibt Millionen Bobs. Können wir jetzt los?«

Normalerweise hätte Collin sofort den Wagen gestartet. Er fürchtete Charlottes Ungeduld. Nie zu lange bleiben, nicht zu viele Fragen stellen. Doch das Bild ließ ihn nicht los.

»Ist das ein Becher?«, fragte er und strich mit den Fingern über das Papier. Charlotte riss ihm die Zeitschrift aus den Händen, betrachtete die Abbildung genauer.

»Was der eine da in der Hand hält … Ist das ein Becher?«, wiederholte Collin seine Frage.

»Sieht aus wie ein Becher«, sagte sie und warf das Heft auf den Rücksitz. »Können wir jetzt?«

Collin startete den Wagen.

In Ceres, benannt nach der römischen Göttin des Ackerbaus, der Fruchtbarkeit und der Ehe, nahmen sie ein Zimmer in einem Motel. Einstöckig, beige gestrichen, ein leerer Pool.

Collin trug das Gepäck – Charlottes kleinen Koffer und seine schwarze Plastiktasche, die sie samt Inhalt noch in Long Beach gekauft hatten – ins Zimmer Nummer 19. Es roch nach Mottenkugeln.

Die Stadt gab nicht viel her. Sie aßen Burger in einem schmuddeligen Restaurant und fuhren mit brennenden Mägen zurück zum Motel.

Eine Laterne und die Neonreklame vor dem Gebäude tauchten alles in ein grellgelbes Licht. Sie saßen am Rand des Pools, ihre Beine baumelten in der Luft. Auf dem Grund des Beckens lag ein totes Eichhörnchen. Zertrümmert der kleine Schädel. Blutverkrustet das Bäuchlein.

»Ob es reingefallen ist?«, fragte Charlotte.

»Vielleicht«, sagte Collin.

»Wie lange es wohl schon dort liegt?«

Collin spürte, wie es ihm die Kehle zuschnürte, und zuckte bloß mit den Schultern. Bemüht, die feuchten Augen vor Charlotte zu verbergen, senkte er seinen Kopf.

»Ich finde, die Leute sollten es da rausholen. Macht hier denn keiner sauber?«

Als Collin nicht antwortete, sah sie ihn an, sah, dass er weinte.

»Was hast du denn?«, fragte sie.

»Ich weiß nicht«, sagte er und wusste es wirklich nicht.

»Ist doch nur ein Eichhörnchen«, sagte Charlotte leise. Dann stand sie auf, um Zigaretten aus dem Zimmer zu holen.

Sie hatte erst vor kurzem angefangen zu rauchen. Eine Zigarette, fand sie, war ein hübsches Accessoire. Als junge Frau brauchte Charlotte keine Diamantringe, eine Lucky Strike Filter genügte völlig.

Sie kam zurück, zündete zwei Zigaretten an. Eine für Collin, eine für sich.

»Weinst du noch immer?«, fragte sie sanft und reichte ihm eine.

Collin schüttelte den Kopf. »Ist schon wieder gut.« Er dachte an den falschen Bob und seinen Kameraden auf dem *Life Magazine*. Ein verwundeter Soldat mit einem Becher in der Hand. Vielleicht hatte er, gleich nachdem das Bild entstanden war, einen Schluck getrunken, aber es sah aus, als ob er für immer durstig bleiben würde. Und dieses Gefühl der Endgültigkeit machte Collin traurig.

Charlotte schnippte ihren Zigarettenstummel in den Pool, vorbei am toten Tierchen.

»Was machen wir hier eigentlich?«, fragte sie und seufzte.

»Die Mandelbäume. Du wolltest die Mandelblüte sehen«, sagte Collin.

»Wollte ich das? Wann blühen sie denn?«

»Bald«, antwortete er.

»Eigentlich interessieren mich Mandelbäume nicht besonders. Ich meine, ich mag Bäume. Jeder mag Bäume ...« Charlotte lehnte sich an ihn. »Lass uns verschwinden. Gleich morgen früh. Oder willst du warten, bis die Bäume blühen?«

»Nein«, sagte er und lächelte. Lächelte, weil er diese unfassbare Frau so sehr liebte.

Über fünfhundert Kilometer hatten sie an diesem Tag zurückgelegt. Charlotte hatte unbedingt und sofort zu den Mandelbäumen gewollt. Collin hatte ihr gesagt, dass sie noch nicht blühen würden. Sie wollte trotzdem – unbedingt und sofort.

Ihre Unbeständigkeit störte ihn nicht. Es war dieses Sehnen, das sie im Kreis fahren ließ. Und solange sie weiterfuhren, durfte Collin Nacht für Nacht neben Charlotte schlafen.

Die Sonne verschwand immer wieder hinter Schleierwolken. Vor ein paar Monaten waren sie schon einmal hier gewesen und hatten die einsame Bucht in der Nähe von Santa Barbara entdeckt. So musste sich Vasco Núñez de Balboa gefühlt haben, der erste Europäer, der den Pazifik sah.

Nackt waren Charlotte und Collin ins Wasser gesprungen, kreischend vor Glückseligkeit.

Jetzt waren sie zurückgekehrt, hatten ihren Felsen wiedergefunden. Eingewickelt in Decken, hockten sie auf dem Vorsprung.

»Es ist anders«, sagte Charlotte enttäuscht.

»Es ist nur kälter«, antwortete Collin.

Sie schüttelte den Kopf. »Das ist es nicht.«

Den Vorschlag, am Strand spazieren zu gehen, wies sie ebenso zurück wie seine Zärtlichkeiten. Und auch die Delfine, die nur wenige Meter von der Bucht entfernt im Wasser tanzten, heiterten sie nicht auf.

Charlottes Unzufriedenheit begleitete die beiden in ihr Motelzimmer.

»Mir ist eiskalt. Ich brauche ein Bad.« Türenknallend verschwand sie, türenknallend tauchte sie wieder auf. Und Collin fühlte sich schuldig. Schuldig, dass der Felsen seinen Zauber für Charlotte verloren hatte. Schuldig, dass sie fror. Schuldig, dass es nur eine Dusche und keine Badewanne gab.

Erst am Abend, als sie in einem überfüllten mexikanischen Restaurant Enchiladas aßen, hellte sich Charlottes Stimmung auf.

Die Rechnung lag auf dem Tisch. Collin zog das Portemonnaie aus der Hosentasche, doch Charlotte riss es ihm aus der Hand.

»Lass uns einfach gehen.«

»Was?«

»Ich zähle bis fünf, und dann gehen wir.« Ihre Augen leuchteten. »Ohne zu bezahlen«, fügte sie mit einem Lächeln hinzu.

»Warum?«

Das Essen war billig, und sie hatten Geld.

»Eins. Zwei …«

»Charlotte, aber …«

»Drei …«

»Was ist, wenn …«

»Vier …«

Die leuchtenden Augen funkelten bedrohlich. »Fünf.« Charlotte stand auf, er folgte ihr.

Draußen nahm sie seine Hand und zog ihn mit sich, kreischend vor Freude.

Drei Tage später zwang sie Collin, in einem 24-Stunden-Diner aus dem Toilettenfenster zu klettern. Er gab nach, weil es sie glücklich machte. Ein Glück, das er nicht verstand. In Restaurants nicht zu zahlen, wurde Alltag. Und das galt auch für Tankstellen. Charlotte steckte ein, was sie in die Finger bekam. Schokoladenriegel, Bonbons, eine Sonnenbrille, eine Mütze, Kaugummis, Zeitschriften.

»Und?«, fragte sie.

»Ein bisschen zu groß«, sagte Collin.

Sie klappte die Sonnenblende runter und betrachtete ihr Spiegelbild. »Stimmt, zu groß.«

Der Strohhut flog auf die Rückbank. Dort würde er liegen bleiben, zwischen all seinen unbezahlten Brüdern und Schwestern, um später, wenn es zu viele geworden waren, in einer Mülltonne zu landen.

In Willits, Mendocino, entführte Charlotte einen schwarzen Mischlingshund. Sie stahl den Welpen aus einem geparkten Auto und erstickte Collins Protest mit einem einzigen Blick.

Der Hund winselte traurig in Charlottes Armen, als sie, nun zu dritt, Zimmer Nummer 27 betraten.

»Ich nenne dich Bibo«, sagte sie zu dem Hündchen. »Ich wollte schon immer einen Hund haben«, sagte sie zu Collin.

»Ich hätte dir einen gekauft. Aber der hier gehört doch jemandem. Der Hund will nach Hause.«

Sie schüttelte den Kopf. »Nein, Bibo muss sich nur an mich gewöhnen. Nicht wahr, mein Kleiner?« Charlotte liebkoste das Tier. Und während sie es mit Hot Dogs fütterte, sagte sie immer wieder: »Collin, ich liebe diesen Hund. Ich bin so glücklich.«

Noch ein Glück, das er nicht verstand, aber sehen konnte. Auf ihren Lippen, in ihren Augen. Ihr Glück machte ihn glücklich. Und da saßen sie, zwei glückliche Menschen und ein unglücklicher Hund.

Bibo lag am Fußende des Bettes und wimmerte die ganze Nacht. Als er sich im Morgengrauen auf der dunkelgrünen Decke erbrach, schnappte Charlotte sich das Tier. Barfuß, den Hund im Arm verließ sie das Zimmer. Wenig später kam sie zurück. Alleine.

»Wo ist er?«, fragte Collin.

»Wer?« Sie klang überrascht.

»Bibo.«

»Ach, Bibo«, sagte sie, »Ich habe ihn an der Rezeption abgegeben. Weißt du, eigentlich wollte ich immer einen Löwen haben.«

Und da begriff Collin, dass ein kleiner Hund Charlotte ebenso viel bedeutete wie eine mit Rentieren bestickte Wollmütze oder eine Tüte Karamellbonbons.

»Tu das nie wieder«, sagte er.

»Was soll ich nie wieder tun?«

»Der Hund …«, begann er.

Sie schüttelte lachend den Kopf. »Es war aufregend. Für ihn auch.«

»Nein, verdammt noch mal. Nein. Nein. Nein.« Noch nie hatte er Charlotte widersprochen.

Das Lachen verschwand aus ihrem Gesicht, doch schnell kehrte es zurück. »Ach, armer Collin, warum hast du nicht gleich gesagt, dass du Hunde nicht magst.«

Er gab auf, sie konnte oder wollte nicht begreifen.

Doch sein Nein zeigte Wirkung. In den folgenden

Monaten stahl Charlotte nicht mal ein Päckchen Kau-
gummi. Sie mussten nicht mehr davonrennen oder aus
Toilettenfenstern klettern. Etwas in ihr schien zur Ruhe
gekommen zu sein.

In einem Lokal in Reedley endete die friedliche Zeit.

Sie saßen am Tresen der fast leeren Bar und tranken
helles Bier. Charlotte erzählte Indianergeschichten, die
sie als Kind gehört hatte.

»Hier gibt es doch irgendwo Indianer. Wir müssen unbedingt welche finden. Ich will sie tanzen sehen. Einen
Sonnentanz. Weißt du, was das ist?«

Collin schüttelte den Kopf.

»Es ist grausam«, sagte sie. »Die Männer stoßen sich
Holzpflöcke in die Brust. An den Pflöcken sind Seile be-
festigt. Die Seile werden an den Sonnenpfahl gebunden,
und dann tanzen die Indianer im Kreis, immer im Kreis,
um den Sonnenpfahl herum. Vier Tage und vier Nächte
lang. Ohne zu essen oder zu trinken. Am Ende hängen
sie sich mit ihrem ganzen Gewicht in die Seile, bis die
Pflöcke aus der Haut reißen. Es ist grausam.«

»Und das sind deutsche Kindergeschichten?«, fragte
Collin ungläubig.

»Nein. In denen geht es um einen Cowboy und einen
Indianer, die Freunde werden. Vom Sonnentanz hat mir
Joseph erzählt. Joseph wusste über so viele Dinge Be-
scheid. Er war wahnsinnig klug.«

Joseph tauchte regelmäßig in Charlottes Erinnerungen
auf. Manchmal verspürte Collin Eifersucht auf den toten
Japaner. Hätte Charlotte nur ein einziges Mal Collins
Namen mit so viel Bewunderung ausgesprochen.

»Möchtest du noch ein Bier?«, fragte Collin, um von dem Helden ihrer Kindheit abzulenken.

»Ja. Und Zigaretten.« Sie blickte auf ihre leere Schachtel. »Kannst du mir welche besorgen?«

»Brauchst du sonst noch was?«, fragte er.

»Nur Zigaretten.«

Zwanzig Minuten später kam Collin mit einer Packung Lucky Strike zurück. Charlotte saß nicht mehr am Tresen.

Mitten im Raum wiegte sie ihren Körper in den Armen eines Mannes. Die Augen geöffnet, küsste Charlotte die Lippen des Mannes. Lange. Zu lange.

»Es ist ihre Schuld«, sagte der Kerl immer wieder und zeigte dabei auf Charlotte. Bis er nichts mehr sagen und auf niemanden mehr zeigen konnte. Es brauchte drei Polizisten und ein Paar Handschellen, um Collin zu bezwingen. Als er auf dem Boden kniete, sah er Charlotte an. Sie lächelte. Nicht verlegen oder zaghaft.

Der blutende, bewusstlose Mann wurde in einem Krankenwagen abtransportiert.

Später sollte Collin erfahren, dass er Ian hieß und 39 Jahre alt war.

Später sollte Collin erfahren, dass er siebzehn Knochen in Ians Körper gebrochen hatte.

6

Martini

Kein Vater, der irgendwann nach Hause kommen würde, um die Tür aufzusperren. Panik und ein Gefühl der Ohnmacht wechselten sich ab. Schweiß, der sich wie eiskalte Kinderhände anfühlte, tropfte über seinen Rücken. Collin glaubte, diese Nacht werde nie zu Ende gehen, aber irgendwann graute der Morgen. Irgendwann geht alles zu Ende.

Ein Polizist führte Collin in ein Zimmer. Ein richtiges Zimmer, die Tür nur angelehnt.

Charlotte hatte einen Anwalt gefunden. Er hieß Hector Kinsley. Ein untersetzter Herr mit grauen Haaren, der wie ein pensionierter Schuldirektor aussah.

»Mr. Goodwin«, sagte Kinsley und schüttelte Collin die Hand.

Das Strahlen in Charlottes Gesicht und die Rühreireste in Kinsleys mächtigem Schnurrbart irritierten Collin. Beides wollte er wegwischen. Und er hob auch kurz die Hand, sagte dann aber bloß: »Ich kann nicht hierbleiben. Bitte. Ich kann nicht.«

Hector Kinsley nickte verständnisvoll. Dann seufzte er laut und sagte gütig lächelnd, es gebe da vielleicht eine Alternative. Allerdings keine schöne. Militär. Das bedeutete mit ziemlicher Sicherheit Vietnam. Eine Tour. Zwölf oder dreizehn Monate, je nachdem, ob man Collin in der Army oder bei den Marines aufnehmen würde. Navy oder Air Force kämen nicht in Frage. Kinsley würde noch am Vormittag mit dem Richter sprechen. Es hatte kürzlich zwei ganz ähnliche Fälle gegeben. Collin war nicht vorbestraft, das war gut.

Dann wollte Kinsley noch wissen, warum Collin bisher nicht eingezogen worden sei.

»III A«, antwortete Collin und erzählte von der kranken Großmutter, dass seine Familie nur aus dem Vater, der alten Frau und ihm selbst bestehe. Er werde gebraucht. Zu Hause.

»Aha, aha«, sagte Kinsley. »Aber Sie sind nicht zu Hause.«

Collin nickte und dachte an seinen Vater, der verhindert hatte, dass aus Collin ein Soldat geworden war. An die vielen Formulare, die sein Vater am Küchentisch ausgefüllt hatte. Um zu beweisen, dass Collin zu Hause gebraucht wurde, schließlich musste die Großmutter betreut und gepflegt werden. Aber Collin lebte zu diesem Zeitpunkt schon lange nicht mehr in dem weißen Haus, das jetzt hellblau war. Es gab einen Grund für Donald Miroslaw Goodwins Lüge. Sein bester Freund, sein einziger Freund war 1952 in Korea gefallen. Von den wichtigen Dingen hatte Donald immer nur eines gehabt. Eine Frau, die man ihm geklaut hatte. Einen Freund, der nicht mehr aus dem Krieg zurückgekommen war. Und einen Sohn. Nur der Sohn war ihm geblieben.

Immerhin lebte der Sohn, niemand hatte ihn geklaut, und er war kein Soldat.

»Army oder Marines«, sagte Collin. »Bitte ... Ich kann nicht ...«

»Sehr schön.« Kinsley klopfte ihm auf die Schulter und erhob sich.

»Wie lange muss ich noch hierbleiben? Wann ...«

»Ich denke, es wird schnell gehen. Lassen Sie mich nur machen.«

Der Polizist war zurück. »Sie haben dreißig Minuten«, sagte er zu Charlotte und Collin und verließ mit Kinsley das Zimmer.

»Ist das nicht ein toller Anwalt?«, fragte Charlotte, als sie alleine waren.

»Charlotte«, sagte Collin, »warum hast du diesen Kerl in der Bar geküsst? Was ... Was ...?«

Sie legte ihre Hand auf seine. »Freust du dich nicht, dass ich einen Anwalt gefunden habe? Ich glaube, er ist wirklich gut.«

Collin nickte. Er war müde und verwirrt. Er würde in den Krieg des echten und des falschen Bob ziehen. Er war nicht wütend auf Charlotte.

»Wartest du auf mich?«, fragte er.

»Was meinst du?«

»Wartest du, bis ich aus ... aus Vietnam zurück bin?«

Charlotte drückte seine Hand.

»Nimm das Auto«, sagte Collin. »Fahr zu meinem Vater. Du kannst dort wohnen. Geld hast du ja noch. Nicht mehr viel, aber er wird dir helfen. Du musst fahren lernen. Irgendwer hier kann dir sicher ein paar Stunden geben.« Collin dachte an den Tag, als er versucht hatte, Charlotte das Autofahren beizubringen. Danach hatten

71

sie beschlossen, erstmal alles so zu belassen, wie es war: Collin am Steuer. Sie auf dem Beifahrersitz. »Oder verkauf das Auto und nimm den Bus.«

Die dreißig Minuten waren um.

Schon am Nachmittag stand Collin vor dem Richter. Kinsley, ein Rekrutierungsoffizier von den Marines und der Bezirksstaatsanwalt waren anwesend. Collin unterschrieb fünf Formulare, mit zittriger Hand. Teilnahmslos sahen die Männer zu. Für sie war es ein Tag wie jeder andere.

»Du erdrückst mich ja«, sagte Charlotte, als sie voneinander Abschied nahmen. Aber Collin ließ nicht los. Sanft schob Charlotte ihn von sich weg. »Ich bleibe ein paar Tage hier. Hector hat ein Gästezimmer.« Sie reichte Collin einen Zettel mit Kinsleys Adresse und Telefonnummer.

Es störte ihn, dass sie den Anwalt beim Vornamen nannte. »Fahr sobald wie möglich zu meinem Vater. Da bist du sicher«, sagte er ernst.

Charlotte lachte. »Du tust ja so, als ob ich in den Krieg ziehen würde und nicht du.«

Der Rekrutierungsoffizier brachte Collin zum Bus.

Erste Station: Fresno. Musterung.

Zweite Station: San Diego. Bootcamp.

Hector Kinsley wusste, dass er für Charlotte nicht mehr war als ein väterlicher Freund. Nie hätte er gewagt, sich ihr zu nähern. Doch wenn er in seinem Bett lag und die junge Frau, die das Schicksal in seinem Gästezimmer einquartiert hatte, drei Türen weiter wusste, überkamen ihn nicht-väterliche Gedanken.

Sein halbsteifes Glied, ganz steif wurde es schon lange nicht mehr, hielt ihn wach.

Seit zwei Wochen verliefen Kinsleys Nächte wie folgt:

Vor seinem inneren Auge flackerten Bilder einer nackten Charlotte auf. Er versuchte, sie durch schnelles Schließen und Öffnen der Lider zu vertreiben. Die Phantasie war hartnäckig.

Also Licht an. Auf und ab gehen. Ein Glas Wasser trinken. Die Zeitung nehmen. Die Zeitung nach Druckfehlern durchsuchen. Druckfehler anstreichen. Eine Beschäftigung, die Einbrecher und Schläger, Sodbrennen und Verstopfung vergessen machen konnte, aber Charlotte nicht.

Schließlich fuhr Kinsley das mächtigste Geschütz auf: an die Mutter denken. Gott hab sie selig. Und es gelang ihm tatsächlich, das Gesicht der Verstorbenen heraufzubeschwören, aber nur für einen Moment.

Kapitulation. Licht aus. Zupacken, bis die Hand erschlaffte oder ein bisschen Samen über das Bein tröpfelte.

Während Kinsley wieder einmal seiner Lust nachgab, betrachtete Charlotte sich im Spiegel. Der antike Frisiertisch aus Rosenholz hatte Kinsleys Mutter gehört und verströmte noch immer einen zartblumigen Duft. Der altersblinde Spiegel verzerrte die Konturen, doch auch so erkannte Charlotte, dass ihre Brüste gewaltig gewachsen waren. Sie ahnte es seit einigen Wochen. Ein Mensch, der ganz und gar ihr gehören würde.

Kinsley zuckte zusammen, als Charlotte ihm am nächsten Morgen zwischen zwei Tassen Kaffee die Neuigkeit verkündete. »Ich bin schwanger.«

Einen verrückten Augenblick lang glaubte er, sein trauriges Sperma hätte die Gesetze von Zeit und Raum aufgehoben.

»Wer ... wer ist der Vater?«, fragte Kinsley.

»Collin natürlich«, sagte sie.

Kinsley nickte. »Und ... und wie lange? Ich meine, seit wann?«

»Ich weiß es nicht genau. Vielleicht zwei Monate.«

Es waren fast vier.

Kinsleys Angebot, solange zu bleiben, wie sie wollte, nahm Charlotte mit einem Lächeln an. Das Haus des Anwalts war viel komfortabler als die Wohnung der Goodwins.

Acht Wochen Bootcamp hatte Collin hinter sich gebracht. Eine Handvoll freier Tage schenkte *das Land der Freien, die Heimat der Tapferen* ihm, bevor er in Camp Pendleton das einmonatige Infanterie-Training absolvieren musste. Charlotte hatte ihm am Telefon von ihrer Entscheidung, in Reedley zu bleiben, berichtet, die Schwangerschaft hatte sie unerwähnt gelassen.

Collin fuhr nach Reedley.

Unter dem braunen Tweedkleid zeichnete sich ihr runder Bauch deutlich ab. Er wollte sie umarmen und küssen. Wollte ihr sagen, wie sehr er sie vermisst hatte.

»Ein Kind«, flüsterte Collin. Er breitete die Arme aus, doch bevor er Charlotte an sich ziehen konnte, nahm sie seine Hand und führte ihn ins Wohnzimmer. Sie saßen nebeneinander auf Kinsleys bordeauxrotem Ledersofa. Charlotte fühlte sich offensichtlich zu Hause, Collin wie ein Eindringling. Und da war das Kind unter dem Tweed. Sein Kind.

»Willst du denn gar nichts sagen?«, fragte Charlotte.

Er wollte. Wollte ihr sagen, dass er sie liebte. Dass ein Jahr nicht lang sei. Dass sie auf ihn warten sollten, sie und das Kind.

»Ich liebe dich«, sagte er. Es klang wie eine Lüge, obwohl es die Wahrheit war. Er hörte den falschen Ton in seiner Stimme, versuchte es noch einmal: »Charlotte, ich liebe dich.«

Sie lächelte. »Möchtest du einen Martini? Ich kann großartige Martinis mixen.«

»Ja«, sagte er.

Charlotte verschwand in der Küche.

»Was ... was machst du so?«, fragte er, als sie mit zwei Gläsern zurückkam.

»Was soll ich schon machen? Ich bin schwanger.«

»Ja.« Er lachte zaghaft. »Ich meine, wie verbringst du deine Tage?«

»Es ist anstrengend, schwanger zu sein.«

Collin nahm einen großen Schluck von der rosa schimmernden Flüssigkeit. »Ist mein erster Martini«, sagte er.

»Ich nehme Kirschen statt Oliven. Und ein bisschen Sirup. Ist also kein richtiger Martini«, erklärte Charlotte.

Collin betrachtete das Glas in seiner Hand. »Ich freue mich, dass wir ... dass du schwanger bist. Damit habe ich nicht gerechnet.«

Sie lachte. »Ich auch nicht. Ich wollte nie ein Kind, aber es ist wunderbar, schwanger zu sein. Man ist so voll. Und es ist meins.«

»Ja«, sagte Collin.

Und dann schwiegen sie. Es war kein vertrautes, kein angenehmes Schweigen.

Beide waren erleichtert, als Kinsley nach Hause kam. Collin erzählte von seiner Zeit im Bootcamp. Und der Anwalt stellte all die Fragen, die Charlotte nicht gestellt hatte.

»Jetzt bist du also ein Soldat«, war ihre einzige Bemerkung.

»Ein Marine«, entgegnete Collin stolz.

»Ist doch alles sehr gleich«, sagte Charlotte und stand auf, um noch eine Runde Martinis zu mixen.

Die Nacht brach herein. Charlotte und Collin lagen in Kinsleys Gästebett.

»Wir hätten auch ein Hotelzimmer nehmen können«, flüsterte Collin.

»Warum? Ich wohne hier.«

»Aber ich nicht. Und ... Wenn ich zurückkomme, baue ich uns ein Haus.«

Sie lachte. »Seit wann kannst du Häuser bauen?«

Collin richtete sich auf. »Ich habe keine Angst vor dem, was kommt, und ich dachte, ich hätte Angst. Verstehst du? Natürlich würde ich lieber bei dir und dem Kind bleiben, aber mein Körper, mein Geist ... Es ist ... Ich bin stark, Charlotte. Du hast recht, ich hab noch nie ein Haus gebaut, aber ich weiß, dass ich es kann. In den acht Wochen habe ich gelernt ...«

»Was hast du gelernt?«, fragte sie.

»Dass in mir drinnen ... dass da so viel mehr ist.«

»Das klingt, als ob du schwanger wärst und nicht ich.«

7

Nebraska

Gibt Schlimmeres als Krepieren«, sagte Mike.
»Und was?«, fragte Collin.

»Gordon.«

Sie hatten viele Tote und Verwundete gesehen. Aber Gordon würden sie niemals vergessen, nicht in hundert Jahren. Collin und Mike hatten ihn zum Hubschrauber getragen – einen atmenden Torso. Einen Haufen Fleisch. Meistens erfuhren sie nicht, was aus ihren verwundeten Kameraden wurde. Die Nachricht von Gordon war die Ausnahme.

»Ich meine, ist 'n Wunder, dass er nicht tot ist«, sagte Mike. »Aber was für 'n Scheißleben. Nur noch 'n Bauch mit 'nem Kopf drauf. Nie wieder vögeln, selbst wenn du könntest. Wer will schon 'nen Bauch mit 'nem Kopf drauf bumsen? Nicht mal 'ne Nutte. Und dann hockst du da und kannst dich nicht mal mehr besaufen. Weil du keine Scheißflasche halten kannst. Ist doch kein Leben. Und erschießen kannst du dich auch nicht. Dann lieber tot.«

»Vielleicht ...« Collin biss sich auf die Unterlippe. »Aber ich ... ich könnte mein Kind sehen, auch wenn ich nur Bauch und Kopf hätte.«

Eine einzige Nachricht hatte Charlotte ihm geschickt, seit er in Vietnam war. Ein Foto mit einem schlafenden

Baby. *Das Kind. Liebe Grüße. Charlotte*, war auf die Rückseite gekritzelt. Collin wusste nicht mal, ob es ein Junge oder ein Mädchen war.

191 Tage hatte Collin überlebt. 143 musste er noch überleben.

Zusammenpacken. Die Order kam überraschend an diesem Septembermorgen. Niemand wusste, wohin es gehen würde. Es gab beschissene und beschissenere Orte in Vietnam, gut war keiner.

Irgendwer sagte etwas von Con Thien. Ein anderer wusste, dass Con Thien beschissener war als Khe Sanh. Con Thien war eine Anhöhe nahe der entmilitarisierten Zone, in Reichweite des Artilleriefeuers der NVA. Con Thien bedeutete Hügel der Engel.

Mächtige Wolken zogen vom Meer heran. Sie mussten schneller als der Regen sein. Collin und Mike quetschten sich mit sechzig anderen Marines in einen der CH-53-Helikopter. Dicht an dicht standen die Männer beieinander. Schweiß und Dreck klebten an ihren feuchten Körpern. Laut dröhnten die Motoren.

»Muss pissen!«, brüllte Mike in Collins Ohr.

In den ungünstigsten Momenten musste Mike pinkeln. Unter Beschuss, auf Patrouille, wenn niemand zu atmen wagte, weil der Feind nahe, ganz nahe sein konnte.

»Hab ein Scheißgefühl«, rief Mike.

»Was?« Collin konnte ihn nicht hören.

»Muss pissen. Hab 'n ungutes Gefühl.«

Sie nannten die Angst nur selten beim Namen.

Ein ungutes Gefühl, ein komisches Gefühl, ein Scheißgefühl ließ sich leichter verdrängen als Angst.

Collin blickte sich um. Er wusste, wie die Männer hießen, woher sie kamen, ob sie eingezogen worden waren oder sich freiwillig gemeldet hatten. Viele glaubten, für die Freiheit zu kämpfen, manche hatten diesen Glauben mittlerweile verloren. Dieser Verlust hatte Andy in den Wahnsinn getrieben.

Einmal saßen Andy, Collin und Mike zusammen. Zwischen Sandsäcken und Schmutz hielt Andy eine brennende Zigarette an sein Schienbein. »Verfickter Blutegel«, sagte er. Aber an Andys Bein hatte sich kein Blutegel festgesaugt. Da war nichts – nur Haut und ein paar Haare.

»Was machst du denn da?«, fragte Mike.

»Verrecken. Er soll verrecken«, sagte Andy.

»He, da ist nichts. Du verbrennst dich bloß.«

Andy ließ von seinem Bein ab, legte den Kopf schief und sah Mike an. Verachtung flackerte in seinen Augen, er lachte schrill, dann stand er auf und ging.

Wenige Tage später verschwand Andy aus dem Basislager. Ohne Erlaubnis. Niemand wusste, wo er war. Gerüchte kursierten. Andy habe sich dem Vietcong angeschlossen. Er sei entführt worden. Mit den Gerüchten kamen die Andy-Geschichten. Geschichten, die an die Sache mit dem Blutegel erinnerten. Einige hatten sich vor Wochen zugetragen, andere waren nur ein paar Tage her.

Nach vier Tagen war Andy wieder da. In seinen Armen hielt er ein totes Zicklein. Blutverschmiert seine Uniform, sein Gesicht, das schwarze Fell des Tieres. Es war still. Eine Stille, unheimlicher als das Dröhnen der feindlichen Artillerie, unheimlicher als die nächtlichen Geräusche, von denen man nicht wusste, ob sie von Tieren oder Menschen kamen. Knackende Äste. Ein ständiges Rauschen.

Andy war einer von ihnen gewesen, doch jetzt war er ... er war ... er war ... Sie hatten keinen Namen dafür. Schließlich brach Staff Sergeant Dave Luhand das Schweigen. »Andy«, rief er und lief ihm entgegen. »Andy.«

Als nur noch zwei Meter zwischen ihnen lagen, ließ Andy den Kadaver fallen, zückte seine Machete und stürmte auf den Staff Sergeant los. Die Männer reagierten schnell, zu sechst rissen sie Andy zu Boden.

»Wir sind alle tot«, schrie er. »Wir sind alle tot.« Tränen rannen ihm über die Wangen. »Wir sind alle tot.« Ein Refrain ohne Strophen.

Andy wurde in einem Hubschrauber abtransportiert. Er hatte geglaubt, er würde für die Freiheit kämpfen.

»Muss pissen«, sagte Mike, als sie in Camp Carroll landeten. Der Tag gehörte ihnen. Heute konnte Mike so viel pinkeln, wie er wollte. Was morgen sein würde, wussten sie nicht.

Collin hatte sich gewaschen. Er saß in einem mit Sandsäcken befestigten Zelt und wollte Charlotte schreiben. Es wäre der achtundvierzigste Brief. Er starrte auf das gelbliche Papier. Siebenundvierzig Mal hatte er versucht, Worte zu finden, die Charlotte zu einer Antwort bewegen würden.

Er hatte aus Erinnerungen Sätze geformt: *Weißt du noch, Charlotte ...*

Er hatte seine Liebe in schwarzer Tinte beschworen.

Der Krieg fand in seinen Briefen nicht statt, die gelb-lichen Blätter gehörten der Vergangenheit, der Hoffnung.

Collin steckte den Stift in seine Hosentasche und zer-knüllte das Papier. Alles wäre nur Wiederholung.

Er verließ das Zelt. Es war ein glasklarer Tag. Er lief bis zum äußeren Rand des Camps. Da blieb er stehen.

Er konnte das Südchinesische Meer sehen, Quảng Trị City, Đông Hà, Cam Lộ. Er sah Explosionen, das Feuer der Artillerie und am Himmel eine B-52, die ihre tödliche Fracht abwarf.

Es war, als würde er nicht nur den Krieg aus der Ferne betrachten, sondern auch sein Leben, ja, das Leben selbst. Er zog den Stift aus der Hosentasche und das Bild seines Kindes. Zwischen Charlottes kühle Zeilen schrieb er in winzigen Lettern:

Hunderte Zufälle waren nötig, damit wir beide uns begegnen. Das Kind, unser Kind, ist aus all diesen Zufällen geboren ...

Collin hielt inne, schon war der Augenblick der Er-kenntnis verflogen. Er war ein Soldat, ein Marine, er kämpfte in einem Krieg, den er nicht verstand. Seine Füße schmerzten schon seit Wochen.

Jemand tippte ihm auf die Schulter. Es war Mike, zwei Dosen Bier in der Hand. »Hab dich gesucht«, sagte er und reichte Collin eine Dose. »Siehst du den dunklen Fleck?« Mike deutete auf ein von Napalm und Bomben zerstörtes Gebiet.

Collin nickte.

»Das ist Con Thien. Eine Scheiße. Eine riesige Scheiße. Hab 'n komisches Gefühl.«

Am Morgen regnete es. Der Auftrag: ein anderes Marine-Bataillon abzulösen, in einem Dorf südlich von Con Thien.

Nha Tho An Hoe war komplett zerstört. Keine Menschen, keine Häuser. Eine zerbombte Kirche. Gemessen an anderen Dörfern, schien diese Gemeinschaft wohlhabend gewesen zu sein. Bürgersteige und Blumengärten erzählten von guten Zeiten. Die Ablöse verlief hektisch. Zwei Kompanien übernahmen ein Gebiet, das bisher nur eine Kompanie besetzt hatte. Die Stellung musste erweitert werden. Während die Männer schaufelten und gruben, sangen Dutzende Vögel ihr Lied.

Die Nacht verlief ruhig, nur in der Ferne Artilleriefeuer. »Was genau machen wir hier?«, fragte Mike. »Niemand hat was gesagt.«

»Werden sie uns schon noch sagen. Mike?«

»Ja?«

»Kann ... kann ich dir was erzählen?«

»Klar.«

»Gestern, ich hatte ... ich hatte eine Vision. Nein, keine Vision. Es war ... Auf einmal wusste ich ... wusste ... wusste ...«

Mike stupste ihm seinen Ellbogen in die Rippen und lachte. »Hat dir jemand ins Gehirn geschissen?«

Collin lächelte. »So in etwa.«

»Oh Mann, der Vietcong hat dir ins Gehirn geschissen.«

»Nein, im Ernst, ich habe etwas gesehen oder verstanden. Wie eins zum anderen führt. Wie Dinge passieren.
Weißt du, was ich meine?«

»Nee, kapier ich nicht. Was hast du gesehen?«

»Alles. Ich habe alles gesehen. Ich wollte es aufschrei-
ben. Für Charlotte. Aber dann war es weg ...«

Mike klopfte Collin auf die Schultern. »Dreh nicht
durch, ja?«

Der nächste Tag begrüßte sie mit einer sanften Brise
und Sonnenschein. Mike sagte: »Sieht aus wie Nebraska.«

»War noch nie in Nebraska«, antwortete Collin.

»Wenn das hier vorbei ist, kommst du mich besuchen.
Und ich zeig es dir, und du wirst sagen: Sieht aus wie
Vietnam.«

Collin lachte.

»So wird es sein«, sagte Mike. »Und dann trinken wir
ein Bier. Ein eiskaltes Bier.«

»So wird es sein«, sagte Collin.

Sie rückten aus, um das Gebiet zu erkunden.

Zwei Platoons, die sich durch dichtes Gestrüpp schlugen. Zwei Platoons, die in verschiedene Richtungen auf-
brachen, um sich später wieder zu treffen.

Routiniert suchten die Männer nach Anzeichen, die
verrieten, ob die NVA Gebäude nutzte oder genutzt hatte.
Sie fanden nichts.

»Muss pissen«, sagte Mike, als sie einen Verschlag
durchkämmten.

»Ungutes Gefühl?«, fragte Collin leise.

»Nee, muss nur pissen.«

Später gelangten sie in eine bewaldete Gegend. Dort entdeckten sie einen ausgetrockneten Wassergraben. Am Abhang wuchsen Bäume. Das etwa 2,50 Meter tiefe und 3 Meter lange Erdloch schien nicht von Menschenhand gemacht, trotzdem konnte es ein Hinterhalt sein. Ein paar Marines stiegen hinab. Mike und Collin blieben oben. Langsam bewegten die Männer sich vorwärts. Der ausgetrocknete Wassergraben war tatsächlich nur ein ausgetrockneter Wassergraben. Collin dachte, wie gut es sich doch anfühlte, wenn die Dinge waren, was sie schienen. Nicht nur in Vietnam, nicht nur im Krieg.

Und dann fielen Schüsse. Schüsse auf die linke Flanke. Ein Feind? Hundert Feinde?

Gegenfeuer.

Schüsse.

»Da«, rief Mike, er hatte etwas oder jemanden gesehen und rannte los.

»Warte«, rief Collin, doch Mike hörte ihn nicht.

Collin setzte sich in Bewegung, die M14 im Anschlag.

Dies hier ist mein Gewehr!
Es gibt viele andere, aber dieses ist meins!
Mein Gewehr ist mein bester Freund!

Nicht sein Gewehr war Collins bester Freund, sondern Mike.

Er versuchte, ihn einzuholen. Mikes Vorsprung war zu groß. Collin wusste nicht, wen oder was sie jagten. Er wusste nur, dass er seinen Freund nicht alleine lassen wollte.

Es gab nur einen Mike.

Immer wieder verlor Collin ihn aus den Augen. Bäume und Böschungen versperrten die Sicht. Das Feuer klang mal weiter weg, mal näher. Es schien aus allen Richtungen gleichzeitig zu kommen. Collin lief schneller. Zweige schlugen ihm ins Gesicht. Die Natur verpasste ihm viele kleine Ohrfeigen. Schneller. Sein Fuß verhakte sich in einem Wurzelgeflecht. Er stürzte. Ein stechender Schmerz in der Wade, ein dumpfer in seinem Schädel. Er musste die Augen schließen.

»Öffnen!«, befahl er den Lidern. »Weiter!«, den Beinen. Die Augen gehorchten. Die Beine gehorchten.

»Mike«, rief er und blickte sich um. Mike war verschwunden. Collin war allein. Nach wenigen Schritten ließ die Angst ihn vergessen, dass ein Bein nicht mehr richtig mitmachte. Er verlor das Gleichgewicht und stürzte. Jetzt verweigerte sein Körper den Gehorsam. Also auf allen Vieren robben. Das anhaltende Feuer dröhnte in Collins Ohren. Eine traurige Melodie. Er versuchte, nicht zu denken, nicht zu fühlen. Nur weiter, immer weiter. Irgendwann lichtete sich der Wald. Vor ihm öffnete sich ein Reisfeld.

Dort, ihm den Rücken zugewandt, stand ein einsamer Soldat. Ein Marine. Wie klein Mike doch aussieht, dachte Collin, die Uniform wirkt so groß. Wärme durchströmte ihn, Glückseligkeit: Er hatte Mike gefunden, und Mike stand da, als ob das Reisfeld ihm gehörte. Collin fand die Kraft, sich aufzurichten, und hinkte auf ihn zu. Er rief den Namen seines Freundes. »Mike, Mike!«

Der Soldat drehte sich um. Es war nicht Mike. Es war

kein Marine. Ein junger Vietnamese. Er trug die falsche Uniform. Lächelnd richtete er seine Waffe auf Collin und schoss. Collin lag auf dem Rücken, Blut floss aus seinem Bauch.

Schade, dachte Collin. Er wusste, dass sein Leben hier endete, dass er niemals sein Kind sehen würde, niemals ein eiskaltes Bier in Nebraska trinken würde.

8

Die Grille und die Ameise

Eine violette Rose zierte die Rückseite der metallenen Bürste. Das blonde Haar seiner Mutter sah weicher aus, als es sich anfühlte. Jeden Abend kämmte er es. Hundert Bürstenstriche. Er zählte laut, damit er keinen vergaß.

»Du hast eine schöne Mutter, nicht wahr?«

»Ja«, sagte Maxwell. »Achtundsiebzig, neunundsiebzig ...«

Charlotte trug ein enges kobaltblaues Kleid und Schuhe mit sehr hohen Absätzen.

»... neunundneunzig, hundert. Fertig.«

»Wie sehe ich aus?«, fragte sie und stand auf.

»Schön«, sagte Maxwell.

»Schön oder sehr schön?«

»Sehr schön, Mama.«

Charlotte küsste ihren Sohn auf die Stirn.

»Sei brav«, sagte sie.

»Ja, Mama.«

»Und mach niemandem die Tür auf.«

»Ja, Mama.«

Maxwell wartete, bis er den Station Wagon davonfahren hörte. Er hatte einen Swimmingpool auf der anderen Seite der Anlage gesehen. Schnell zog er seine Badehose an und verließ das Motelzimmer.

Das Becken war leer, nur eine Pfütze war auf dem Grund. Maxwell starrte angestrengt in die Tiefe, als könnte er so den Pool füllen.

»Da ist kein Wasser drin«, sagte jemand. Auf einer der roten Plastikliegen hockte ein Mädchen, nicht älter als er. Langsam ging er auf sie zu.

»Nie machen sie Wasser rein«, sagte er und setzte sich neben sie. Ihr Gesicht war voller Sommersprossen, die grünen Augen musterten ihn.

»Die haben gesagt, da waren tote Tiere drin. Deshalb haben sie alles rausgemacht. Ich heiße Becky und du?«

»Maxwell.«

»Wo kommst du her?«, fragte sie.

»Nummer sechzehn.«

Das Mädchen lachte. »Ich meine, wo wohnst du?«

»Hier«, sagte er.

Sie verdrehte die Augen und seufzte sehr erwachsen. »Ja, aber in echt. Wo ist euer Haus?«

»Wir haben keins«, antwortete er.

»Du musst doch ein Zuhause haben«.

»Immer woanders. Im Moment hier. Und du?«

»Yountville.«

»Aha«, sagte Maxwell.

»Wir fahren nach San Diego, weil meine Tante heiratet«, erklärte Becky. »Wo fahrt ihr hin?«

»Nur so durch die Gegend.«

»Hast du Ferien?«

Er zuckte mit den Schultern.

»Du musst doch wissen, ob du Ferien hast«, sagte Becky. »Wo gehst du zur Schule?«

»Nirgends. Meine Mutter bringt mir alles bei. Schreiben und so.«

»Und dein Vater?«

»Hab keinen.«

»Jeder hat einen«, sagte Becky.

»Ich nicht.«

»Du weißt aber schon, wie Babys gemacht werden, oder?«

Maxwell senkte den Kopf. »Nicht so genau.«

Becky sah ihn fassungslos an. »Dann erklär ich es dir jetzt, okay? Also, der Mann stopft seinen Penis in die Frau, und dann kommt ein Kind raus. Und der Mann, der den Penis in deine Mutter gestopft hat, ist dein Vater. Jeder hat einen.«

»Ich kenne ihn aber nicht, er ist tot.«

»Das ist was anderes«, sagte sie.

Einen Moment starrten die beiden schweigend in das leere Becken.

»Wie ist er gestorben?«, fragte Becky. Ihre Stimme klang sanfter als zuvor.

»Er war Soldat. Und im Krieg. Da hat ihn jemand erschossen«, sagte Maxwell.

Das Mädchen nickte wissend. »Ich hab 'nen Cousin, der Soldat war. Er ist jeden Tag besoffen. Er hat versucht, sich zu erhängen, aber sie haben ihn gefunden und gerettet. Sie sagen, er ist so, weil in seinem Kopf immer noch Krieg ist. Na ja, und weil er keine Beine mehr hat.«

»Muss schlimm sein, so ohne Beine«, sagte Maxwell.

»Ja«, stimmte sie zu. »Ich glaub, da wär ich lieber tot.«

»Aber dann ist alles vorbei.« Charlotte hatte Maxwell erklärt, was Totsein bedeutet. »Wenn man tot ist, ist alles einfach vorbei«, hatte sie gesagt. »Da ist dann nichts mehr.« Zwei Nächte lang hatte dieses Nichts ihm den Schlaf geraubt. Nichts war unvorstellbar.

»Wieso? Du kommst in den Himmel, wenn du tot bist«, sagte Becky.

Maxwell nickte, obwohl er nicht wusste, was sie damit meinte.

»Hast du Geschwister?«, fragte Becky.

»Nein.«

»Ich hab 'nen Bruder. Ist nur 'n Halbbruder, er ist ganz frisch. Mein Vater hat 'ne neue Frau, und er hat seinen Penis in sie reingestopft. Meine Mutter sagt, er ist ein Arschloch.«

»Wer? Dein Halbbruder?«

»Nee, mein Vater.«

»Stimmt das?«, fragte Maxwell.

»Wahrscheinlich.«

»Ich hab meinen Vater nie gesehen. Meine Mutter hat mir erzählt, dass er ihren Hund ausgesetzt hat. Sie hatte einen kleinen Hund, und er hat ihn einfach ausgesetzt«, sagte Maxwell. Das war eins der wenigen Dinge, die er über seinen Vater wusste.

»Dann war er auch ein Arschloch«, sagte Becky.

»Wahrscheinlich.«

»Hast du 'ne Freundin?«, fragte sie.

»Nein.«

»Willst du küssen?«

Maxwell schüttelte den Kopf. »Nee, lieber nicht.«

»Gut, ich auch nicht. Was macht deine Mutter? Arbeitet sie?«

»Nein.«

»Meine ist Sekretärin. Ich werde vielleicht auch mal Sekretärin. Und du?«

»Keine Ahnung.«

»Du bist echt komisch«, sagte Becky. »Willst du jetzt küssen?«

»Okay«, sagte er.

Becky presste ihre Lippen auf seine. Es war weder schön noch eklig und dauerte nur einen Augenblick. »Jetzt weißt du wenigstens, wie man küsst«, sagte sie und stand auf. »Muss jetzt rein. Tschüss, Maxwell.«

Er blickte ihr nach. Er hätte sich gerne länger mit Becky unterhalten.

Es war dunkel geworden. Aus den Fenstern des Motels fiel ein schwacher Lichtschein auf den Pool.

Später würde seine Mutter zurückkommen und ihm erzählen, dass sie einen ganz wunderbaren Mann kennengelernt habe. Morgen würde Maxwell den blöden Anzug anziehen müssen und mit ihr und dem wunderbaren Mann in einem Restaurant essen. Manche der wunderbaren Männer waren nett, andere weniger. Aber das war nicht schlimm, denn bald schon würde seine Mutter den wunderbaren Mann nicht mehr wunderbar finden, und dann würden sie weiterfahren. In der nächsten Stadt würden sie die Geschenke des wunderbaren Mannes – Maxwell verstand nicht, warum sie ihr immer Herrenarmbanduhren und Tafelsilber schenkten – verkaufen.

Seine Mutter schien etwas Bestimmtes zu suchen. Eines Tages, so hoffte Maxwell, würde sie es finden, und dann würde das Leben anders werden.

Er lag auf dem Bett und las *Captain America and the Falcon*, als die Tür aufflog. Tränen hatten Charlottes Make-up ruiniert, die Schuhe hielt sie in den Händen. Weinend warf sie sich neben Maxwell.

»Mama?«, fragte er leise. »Was ist passiert?«

Sie nahm die Zigaretten vom Nachttisch und zündete sich eine an.

»O Maxwell«, sagte sie. »O Maxwell.«

»Was ist passiert?«, wiederholte er.

»Es ist …« Charlotte zog hektisch an der Lucky Strike. »Es ist …« Sie blies eine Rauchwolke Richtung Decke und überlegte. »Es ist wie … wie in der Geschichte von der Grille und der Ameise. Kennst du sie?«

Maxwell schüttelte den Kopf.

»Die Grille und die Ameise«, begann Charlotte mit bebender Stimme. »Es war einmal eine Grille, eine wirklich schöne Grille, und sie war sehr amüsant. Die Ameisen waren reich, weil sie den ganzen Tag arbeiteten. Die Grille war nicht reich. Verstehst du?«

Maxwell nickte.

»Die Grille«, fuhr Charlotte fort, »zog durch die Lande und leistete den Ameisen Gesellschaft. Die Ameisen wollten arbeiten und an einem Ort leben. Die Grille nicht, sie … sie … sie wollte … na ja, etwas anderes. Die Ameisen bewunderten die Grille und sagten ihr, wie schön sie sei. Doch die Grille wird älter, und sie ist … sie hat ein paar Falten im Gesicht. Sie ist trotzdem noch schön, nur ... na ja ... Eines Tages sitzt sie neben einer Ameise, und die Ameise überschüttet sie mit Komplimenten, aber dann läuft ein Käfer vorbei. Ein sehr junger Käfer, mit riesigen Brüsten, und plötzlich hat die Ameise nur noch Augen für den Käfer. Und dann ...«

Maxwell sah sie gespannt an, aber Charlotte schwieg.

»Wie geht die Geschichte weiter?«, fragte er schließlich.

»Gar nicht. Die Geschichte geht gar nicht weiter. Ameisen sind schrecklich. Das ist die Geschichte. Und die arme Grille muss zusehen, wo sie bleibt. Wenn sich die Dinge ändern, werden sie nie wieder so, wie sie waren. Und die Dinge haben sich geändert.«

Charlotte drückte ihre Zigarette aus und rollte sich zusammen.

9
Sehnsucht

Kleider, Hüte, ein Regenschirm, Comichefte, Chips-
tüten, Muscheln, eine Handtasche, vier Seifen in
Seidenpapier. Lippenstifte, ein faustgroßer Rosenquarz,
eine Taucherbrille. Viele Male geschmolzene Schokoladenriegel, eine Packung Aspirin, eine Adlerfeder, ein
kaputtes Kofferradio. Zwei Sonnenbrillen, Haarspray,
eine Ausgabe des *Life Magazine* aus dem Jahr 1966.
Ein gelber Badeanzug, Zimmerschlüssel samt Anhänger,
Nr. 3, Nr. 18, Nr. 12, Nr. 21. Ein Rucksack, eine Land-
karte, ein Baseballhandschuh, Kugelschreiber, eine volle
Packung Zigaretten. Münzen im Wert von 7 Dollar und
49 Cent.

Charlotte hatte Maxwell beauftragt, den Station Wagon komplett zu leeren und nach Wertgegenständen und
Geld zu suchen. Während er darüber nachdachte, ob
eine Adlerfeder ein Wertgegenstand war, lag Charlotte
in ihrem Motelbett, eingewickelt in eine geblümte Poly-
esterdecke. Sie hatte recht behalten: Die Grille musste
zusehen, wo sie blieb.

Maxwell betrachtete das Innere des Station Wagon,
das jetzt auf dem Asphalt lag. Er griff nach dem Rucksack und der Handtasche, zwei Hoffnungsschimmer am
Ramschhimmel.

Der Rucksack war eine Enttäuschung: schmutzige Badetücher und eine angebrochene Kekspackung.

Die Handtasche hatte mehr zu bieten: zwei Ein-Dollar-Noten und einen Umschlag. Adressiert an Charlotte Foreman, c/o Anwalt Kinsley, Reedley, Kalifornien.

In dem geöffneten Kuvert steckten ein Foto und ein Brief. Maxwell nahm beides heraus.

Das Bild zeigte ein schlafendes Baby. Die Rückseite war beschrieben. Zwei Handschriften. Zwischen bräunlichen Flecken ließen sich nur einzelne Wörter ausmachen: *Das Kind ...* Und dann in der anderen Handschrift: *Aus all diesen Zufällen geboren.*

Die übrigen Zeilen hatten Zeit und Blut unkenntlich gemacht.

Maxwell entfaltete den Brief und begann zu lesen.

Liebe Frau Charlotte Foreman,

Sie kennen mich nicht. Collin war mein bester Freund, wir waren zusammen in Vietnam. Ich wollte eigentlich nach Kalifornien kommen und Ihnen das Foto persönlich zurückgeben. Ich wollte Sie sehen und Ihnen von Collin erzählen. Aber seit ich wieder zu Hause bin, in Nebraska, kann ich mich nicht aufraffen. Nicht weil ich faul bin, aber ich will nirgends mehr hin. Ich will hierbleiben, ich habe genug gesehen.

Collin hat Ihnen so oft geschrieben und immer von Ihnen gesprochen. Von Ihnen und dem Kind. Er wusste ja nicht, ob es ein Mädchen oder ein Junge ist.

Und Sie haben nie geantwortet. Nie. Es geht mich nichts an, aber Sie hätten ihm wirklich schreiben sollen.

Er war ein guter Mensch, vielleicht der beste, den ich je getroffen habe. Und was ich Ihnen jetzt schreibe, können Sie eines Tages dem Kind erzählen. Mein Vater ist gestorben, als ich fünf Jahre alt war. Und alles, was ich von ihm habe, sind ein paar Geschichten, die andere mir erzählt haben.

Collin war mein bester Freund.

Wir kannten uns noch nicht lange. Wir waren gerade mal zwei Wochen in Vietnam.

Stellen Sie sich vor, Sie wissen, dass jede Sekunde etwas passieren kann. Dass jemand auf Sie schießt, dass irgendwo etwas explodiert. Sie sind im Dschungel. Überall Gestrüpp und Bäume. Gerade war ich noch in Nebraska. Arbeitete auf der Farm meines Onkels, und jetzt bin ich in Vietnam, und es ist Krieg.

Wir sind auf Patrouille. Collin ist gleich hinter mir. Ich höre ein Geräusch. Ich drehe mich um und gebe Collin ein Zeichen. Ich habe mein Gewehr im Anschlag. Hinter einem dornigen Busch liegt ein Mädchen, fast noch ein Kind. Sie trägt die schwarze Uniform des Vietcong. Ihr Bein ist verwundet, sie hält ein Messer in der Hand. Ich richte mein Gewehr auf sie, blicke mich um. Alles kann ein Hinterhalt sein, auch ein verletztes Mädchen. Collin steht neben mir. Das Mädchen sieht uns an, rappelt sich hoch. Ihre Augen sind so schwarz wie ihre Uniform.

Sie sagt etwas, in dieser verdammten Sprache, die
man nicht verstehen kann. Es klingt wie eine
Drohung. Ich will schießen, aber Collin sagt: Nein,
nein, und legt seine Hand auf mein Gewehr.
Ihr Bein blutet. Sie humpelt rückwärts davon,
ohne uns aus den Augen zu lassen. Vielleicht holt
sie Verstärkung. Es ist Krieg. Sie ist unser Feind. Ich
stoße Collin beiseite. Wieder will ich schießen. Ich
bin wirklich entschlossen. Nein, sagt er, nein. Und
Collins Stimme ist stärker als die Stimme in meinem
Kopf. Ich schieße nicht.
Wir erzählen niemandem von dem Mädchen.
Aber ich denke die ganze Zeit: Wenn wir heute
angegriffen werden, ist es meine Schuld und Collins
Schuld. Weil wir den Feind haben entkommen lassen.
Und ich sage es ihm. Ich sage: Verdammt, wenn die
Hölle losbricht, ist es unsere Schuld.
Und er antwortet: Nein, dann ist es meine Schuld.
Nur meine. Aber ich will nicht, dass wir alle kaputt
nach Hause gehen. Drinnen kaputt. Verstehst du?
Ich habe es nicht kapiert. Nicht sofort.
In den nächsten Tagen blieb es ruhig. Und da war
ich froh, dass ich nicht auf ein verletztes Mädchen
geschossen hatte. Egal, wer sie war. Etwas wäre
kaputtgegangen. In mir.
Und ich sagte zu Collin: Danke, Mann.
Von da an waren wir Freunde. Wir haben nie wieder
über das Mädchen gesprochen. Aber es war, als
hätten wir einen Pakt geschlossen. Besser kann ich es
nicht erklären.

Collin war mein bester Freund. Er war ein guter Mensch. Erzählen Sie das seinem Kind. Erzählen Sie ihm, dass Collin aufgepasst hat, dass wir nicht kaputtgehen. Nicht ganz kaputt zumindest.

Viele Grüße,
Mike Playton

Maxwell staunte. Charlotte hatte ihm nicht viel über Collin erzählt. Er hatte einen kleinen Hund ausgesetzt. Er hatte in einem Hotel gearbeitet, in dem Menschen aus dem Fenster gesprungen waren, und in einer Garage gewohnt. Eine Weile hatte Maxwells Mutter auch in der Garage gewohnt. Dann waren die Straßen Kaliforniens ihr Zuhause gewesen, bis Collin im Gefängnis landete. Schließlich musste er in den Krieg, und dort, irgendwo in Asien, war er gestorben.

Maxwell wollte den Brief und das Babyfoto behalten. Die Geschichte war schließlich für ihn. Er wollte die Zeilen aus Nebraska wieder lesen, viele Male lesen, bis er alles verstehen würde. Er versteckte Mikes Brief in dem Baseballhandschuh und den Baseballhandschuh unter dem Beifahrersitz.

Zigaretten, Adlerfeder, Rosenquarz, Münzen und Scheine stopfte er in die Handtasche.

Die Tür war nur angelehnt. »Mama«, sagte er leise, als er den abgedunkelten Raum betrat.

»Sind wir reich?«, fragte Charlotte und richtete sich auf.

»Wir haben 7 Dollar und 49 Cent in Münzen, und 2

Dollar in Scheinen.« Maxwell setzte sich auf die Bettkante und gab seiner Mutter die Handtasche.

Charlotte sah traurig aus. Traurig und alt. Sie kippte
die Tasche aus und betrachtete schweigend den Inhalt.
Eine Zigarette wanderte zwischen ihre trockenen Lippen.
Dann nahm Charlotte den Rosenquarz in die Hand. »Er
ist schön.« Ein Lächeln huschte über ihr Gesicht und verschwand sofort. »Aber wertlos.«

»Und die Feder?«, fragte Maxwell hoffnungsvoll.

Charlotte schüttelte den Kopf. »Was machen wir nur?
Was machen wir nur?« Lautes Seufzen, begleitet von
Zigarettenqualm entwich ihrer Kehle und dann wieder:
»Was machen wir nur? Was machen wir nur?«

Maxwell blickte sich um, aber außer ihm und seiner
Mutter war niemand da, also musste er antworten. Sonst
würde Charlotte niemals aufhören zu fragen.

»Vielleicht«, sagte Maxwell, »vielleicht können wir
dorthin zurück, wo wir gelebt haben, als ich noch klein
war.«

»Zu Kinsley? Oh nein! Oh nein!«

Bis zu Maxwells zweitem Geburtstag hatten sie im
Gästezimmer des Anwalts gewohnt. Ein bequemes,
friedliches Leben, aber es war, als ob sich eine eiserne
Klaue um Charlottes Herz gelegt hätte. Und eines Tages
hielt sie es nicht mehr aus. Sie nahm ihren Sohn auf den
Arm und Kinsleys Armbanduhr in die Hand und stieg in
den Station Wagon. Das Herz sollte schlagen – schnell.

»Dann fahren wir einfach weiter«, sagte Maxwell.

Charlotte drückte die Zigarette aus. »Hast du die Geschichte von der Grille vergessen?«

»Nein, aber …«

»Die Grille muss zusehen, wo sie bleibt. Die Dinge haben sich geändert«.

»Hat sich alles geändert?«, fragte Maxwell vorsichtig.

Und gerade als Charlotte ihren Sohn einen dummen Jungen nennen wollte, weil er die Geschichte von der Grille, den Ameisen und dem Käfer offensichtlich nicht verstanden hatte, erinnerte sie sich an eine Begebenheit, die viele Jahre zurücklag. An einen Ort, an dem sich die Dinge wahrscheinlich niemals ändern würden.

Charlotte sprang auf und klatschte in die Hände. »Das ist es«, sagte sie. Ihr eben noch fahles Gesicht begann, zartrosa zu glühen. Nur wenige Minuten später saßen sie im Auto. Den Haufen wertloser Gegenstände ließen sie auf dem Motelparkplatz zurück.

»Joseph hat immer gesagt, dass Sehnsucht einen stark macht.«

Charlotte hatte Maxwell schon viel von Joseph erzählt. Wenn sie den Namen des toten Japaners erwähnte, nahm ihre Stimme einen besonderen Tonfall an. Als ob sie über einen Heiligen oder einen Gott sprechen würde.

»Was ist Sehnsucht?«, fragte Maxwell, den Blick starr auf die Straße gerichtet. Trotz der vielen Meilen, die Charlotte am Steuer zurückgelegt hatte, war sie eine schlechte Autofahrerin. Das hatte Maxwell zu einem aufmerksamen Beifahrer gemacht. Mehr als einmal hatte sein »Vorsicht, Mama!« einen Unfall verhindert.

»Du stellst Fragen. Sehnsucht ist … wenn man … na ja, wenn man sich nach etwas sehnt. Etwas, das man kennt oder auch nicht kennt.«

»Wonach sehnst du dich?«

»Nach Kalifornien«, sagte sie.

»Aber wir waren doch gerade noch da?«

»Na und?«

Vieles, was seine Mutter sagte, blieb Maxwell ein Rätsel.

Sie übernachteten in Arizona, in New Mexico, in Texas. Drei Tage dauerte die Reise nach Myrthel Spring.

Vier Stunden brauchten sie von Myrthel Spring bis zur Finsher Ranch. Die Wildnis bereitete sowohl dem alten Station Wagon als auch der Fahrerin große Mühe. Unbefestigte Straßen, Steine, Hänge, und dann rannte etwas vor das Auto. Ein Knall. Charlotte bremste. Noch bevor der Station Wagon zum Stehen kam, sprang Maxwell hinaus.

»Es ist ein Schwein, glaub ich«, rief er.

Charlotte streckte ihren Kopf aus dem Fenster und warf einen flüchtigen Blick auf das Javalina.

»Wir müssen ihm helfen«, sagte Maxwell. »Mama, bitte!«

»Es ist tot«, sagte sie.

»Nein, schau doch, es atmet. Es atmet noch.« Tränen flossen über seine Wangen.

»Es ist tot«, sagte Charlotte noch einmal. »Komm jetzt. Und hör auf zu weinen.«

Charlotte verstand nicht und würde niemals verstehen, dass Maxwell weinte, weil gerade ein bisschen Wahrheit verloren gegangen war.

Es wurde schon dunkel, als sie vor dem Haus aus Lehmziegeln parkten. Dem Haupthaus der Ranch. Die Zeit hatte dem Gebäude zugesetzt. Menschenhände hatten ihr

Bestes getan, um es in Stand zu halten. Geflickt, gepflegt. Es atmete. Schien mit der Erde verwurzelt zu sein. War ein Teil des offenen Graslandes der Chihuahua-Wüste.

Noch bevor Charlotte und Maxwell an die Tür klopfen konnten, öffnete ein Mann mit freundlichen Augen und struppigem mausbraunem Haar. Sein Blick wanderte von Maxwell zu Charlotte. Fassungslosigkeit spiegelte sich in seinem sonnengegerbten Gesicht.

»Terry, ich hätte schreiben sollen«, sagte Charlotte.

»Charly?«, antwortete Terry.

Und dann schwiegen sie sehr lange.

11. März 1977
Ein Mädchen stirbt fast

Sie lag auf dem Boden, wusste nicht, wie sie dort ge-
landet war.

»Bernd.« Es sollte ein Schrei sein, war aber nur ein
Flüstern. »Bernd.« Ein nutzloses Flüstern, denn Bernd
war nicht zu Hause.

»Nicolaj. Nicolaj.« Also konnte sie genauso gut seinen
Namen rufen. Erinnerungen stiegen auf, unwirklich wie
Träume.

»Nicolaj.« Der Klang seines Namens gab ihr Kraft.
Aufstehen konnte sie nicht. Das Telefon stand hoch
oben auf dem zweiten Regal im Flur. Bernd hatte es dort
platziert, für sie war es nur auf Zehenspitzen erreichbar.
Es hatte seine Gründe, warum das Telefon dort stehen
musste. Welche Gründe das waren, hatte Annegret nie
herausgefunden. »Das hat seine Gründe«, war Bernds
Antwort auf vieles, das ihr Leben erschwerte. Kartoffeln
mussten im Keller lagern. Obwohl sie fast täglich Kartoffeln aßen. »Kartoffeln gehören in den Keller, nicht in
die Küche. Das hat seine Gründe.«

Annegret hatte ihm eine Rasierschale geschenkt, damit
seine Bartstoppeln nicht das Waschbecken verstopften.
Es hatte seine Gründe, warum er trotzdem das Becken
benutzte.

Es hatte seine Gründe, warum sie nie in die Ferien fuhren. Seine Gründe, warum das Auto nur zweimal wöchentlich genutzt werden durfte. Seine Gründe, warum die Katze nach drei Jahren abgeschafft wurde. Annegret hatte früh aufgegeben, zu verstehen oder gar etwas ändern zu wollen.

Sie kroch Richtung Wohnungstür. Sie wollte sich zusammenrollen, liegen bleiben. Aber es ging nicht um sie, sondern um das Kind in ihrem Leib.

»Nicolaj.«

Der rechte Arm erreichte die Klinke. Raus auf den Gang. Annegrets Füße traten gegen die Wohnungstür der Seiberts. Noch einmal. Und noch einmal.

Die Tür flog auf.

»Was soll das ...« Frau Seibert hielt inne, senkte ihren Blick. »Um Gottes Willen. Um Gottes Willen«, rief sie erschrocken, rannte zum Telefon, wählte den Notruf und eilte zurück. »Der Krankenwagen kommt gleich.« Sie kniete neben Annegret, tätschelte ihre Hand. »Wo ist Ihr Mann? Nein, sagen Sie nichts. Sie dürfen sich nicht anstrengen. Um Gottes Willen. Um Gottes Willen.« In Frau Seiberts Augen mischten sich Besorgnis und Schadenfreude. Sie konnte nicht anders. »Frau Büttner, ich habe es ja gesagt, in Ihrem Alter ist das ein Risiko.«

Annegret Büttner war 43 Jahre alt. Frauen in ihrem Alter hatten erwachsene Kinder oder zumindest fast erwachsene. So wie Frau Seibert. Zwei Söhne, 19 und 23. Brave Jungs. Ach was, Jungs, echte Männer.

»Nicolaj«, flüsterte Annegret.

»Was sagen Sie? Ich kann Sie nicht verstehen.« Frau Seibert beugte sich weiter herab.

»Nicolaj.« Es klang wie der Flügelschlag eines kleinen Vogels. Eines Kolibris vielleicht.

»Frau Büttner, ich kann Sie nicht verstehen.«

Annegret lächelte. »Ich weiß.«

Eine Frau wie die Seibert konnte nicht verstehen. Sie wusste nicht, wie es sich anfühlte, wenn sich zwischen Schweigen und Kartoffeln eine Tür auftat. Frau Seibert wusste nicht, wie schnell ein Herz schlagen konnte.

Annegret schloss die Augen. Sie hörte das Heulen der Sirenen. Schritte im Treppenhaus. Starke Arme hoben sie auf eine Trage. Und dann war es dunkel und still.

Als sie wieder zu Bewusstsein kam, lag sie in einem Bett. Weiße Wände. Der Hals trocken. Die Glieder steif. Jemand saß auf einem Stuhl, ein Mann. Es war Bernd. Natürlich Bernd.

»Es ist ein Mädchen«, sagte er. »Fast wäre es gestorben.«

»Ein Mädchen«, wiederholte Annegret. Die Kehle brannte.

Wenig später kam der Arzt. Er gratulierte. Das Kind sei wohlauf. Es hatte sich im Leib der Mutter gedreht. Die Nabelschnur hatte sich um seinen Hals gewickelt.

»Gedreht?«, fragte Annegret leise.

Der Arzt nickte.

»Eine Tänzerin. Sie ist eine Tänzerin.«

»Soso«, sagte der Arzt geistesabwesend, während Bernd den Kopf schüttelte.

»Eine Tänzerin«, wiederholte Annegret.

»Jetzt ist aber gut«, sagte Bernd, und der Arzt verschwand.

Später brachte eine Schwester das Mädchen an das Bett der Mutter.

»Sie ist klein«, sagte Bernd, der noch immer auf dem Stuhl saß. Seine Stimme war ungewöhnlich sanft. Vorsichtig berührte er die Hände des Babys. »So klein.«

Er hatte das nicht gewollt.

Er hatte sich arrangiert mit dem Leben. Er mochte keine Veränderungen.

Geschämt hatte er sich für Annegrets wachsenden Bauch. Es war, als ob er alle Nachbarn und Bekannte in sein Schlafzimmer eingeladen hätte. Als ob sie ihn und Annegret nackt gesehen hätten.

»Es braucht einen Namen«, sagte er. »Ich dachte, es wird ein Junge, und wir nennen ihn Richard.«

»Jelisaweta«, sagte Annegret.

»Was?«

»Jelisaweta.«

»Das klingt ausländisch. Russisch.«

»Ja.«

»Warum willst du dem Kind einen russischen Namen geben?«

»Es ist ein schöner Name.«

»Kommt nicht in Frage. Elisabeth. Meinetwegen Elisabeth. Aber nicht Jelisabetta.«

»Jelisaweta.«

»Sie heißt Elisabeth. Punkt, Schluss, aus.«

Das kleine Mädchen atmete ruhig, es schien mit offenen Augen zu schlafen. Fast wäre es gestorben, als sich die Nabelschnur um sein Hälschen gewickelt hatte. Es würde sich nicht an die ersten Minuten seines Lebens erinnern können, würde nicht wissen, dass es schon vor der Geburt den Tod bezwungen hatte.

ZWEITER TEIL

10

Bomben

Und dann hatte das Weinen aufgehört.

Erika Zollner und ihre zehnjährige Tochter Annegret.

Sie hatten geweint, als Otto Zollner in den Krieg zog, geweint, als er nicht zurückkam. Otto Zollner war in Russland gefallen.

Dann fielen die Bomben. Und die Bomben nahmen Erika Zollner die Eltern, nahmen Annegret die Großeltern, nahmen ihnen das Haus und den kleinen Poldi. Erikas Sohn. Annegrets Bruder. Leopold, der lustige Junge mit dem riesigen Mund und den winzigen Händchen. Er war fünf Jahre alt. Sie hatten geweint.

Es gab keine Betten mehr, in denen sie schlafen, keinen Mann, keinen Vater mehr, der ihnen sagen konnte, was zu tun sei.

Erika erinnerte sich an eine Cousine, die in Stuttgart lebte, und an eine Tante in Brandenburg. Zu beiden hatte sie kein enges Verhältnis, aber in Darmstadt hatte sie gar nichts mehr. Es schien nur noch weinende Frauen und Trümmer zu geben.

Stuttgart war näher. Vielleicht entschied Erika sich deshalb für Brandenburg. Weit weg von der Stadt, in der sie alles verloren hatte.

Die Nachbarin wollte es ihr ausreden. Brandenburg, der Osten, der Russe. Gefahr. Sie solle warten, hier in Darmstadt, irgendwo würden sie schon unterkommen. Bald schon werde der Führer die Wunderwaffe einsetzen, die Wunderwaffe, die er ihnen versprochen hatte. Das Blatt wird sich wenden. Warten muss man, durchhalten.

Aber Erika Zollner glaubte nicht mehr, hoffte nicht mehr. Sie dachte an die Synagoge, die vor vielen Jahren niedergebrannt war, dachte an die Schuhmanns, die Goldsteins, die Vogels, die man weggebracht hatte, und ihr Gewissen regte sich. Obwohl sie doch nichts getan hatte, sie hatte doch kein Feuer gelegt, niemanden verschleppt. Und doch ... Und doch ... dieses ungute Gefühl.

Aber der Poldi, der Leopold, das Kind, das von alldem nichts wusste, das hätte nicht sterben dürfen. Auf den Poldi hätte man keine Bomben schmeißen dürfen.

Erika und Annegret hatten in der einen Ecke gesessen, die Alten in der anderen, und der Poldi war hin und her gerannt. Hatte die Großeltern umarmt, die Mutter, die Schwester, damit sie endlich aufhörten, so ängstlich zu gucken. Wie ein kleiner Frosch war er umhergesprungen, während die Erde gebebt hatte. Und kurz bevor alles zusammengebrochen war, hatte er einen Witz erzählt, einen ausgedachten Kinderwitz, dessen Pointe nur er verstand. Der Poldi starb mit einem Lachen auf dem riesigen Mund.

Mutter und Tochter bargen die Toten und suchten nach Resten ihres Lebens. Sie fanden die Schmuckschatulle, die Erika mit in den Keller genommen hatte, und den Kopf von Poldis Stofftier. Die weiße Katze, die er so sehr geliebt hatte.

Die Reise nach Brandenburg dauerte eine Woche. Teile der Strecke legten sie im Zug zurück, den Rest zu Fuß. Sie übernachteten in Schuppen und Scheunen und einmal in einer Pension. Weiche Betten, ein warmes Bad, Suppe mit Fleischeinlage am Abend, Eier am Morgen. Der Preis: Zwei Goldringe. Erika hätte auch drei gegeben.

Ausgebombt. Nicht weiter ungewöhnlich. Mitleid fanden sie nicht auf ihrer Reise.

Und endlich standen sie vor dem Bauernhof, einem Vierseithof, am Rande von Treuenbrietzen. Nach Brandenburg war Ines der Liebe wegen gezogen. Der Ehemann starb fünf Tage nach der Trauung an einer Blutvergiftung. Ines blieb in Treuenbrietzen und blieb Witwe.

Erika hielt inne, bevor sie an die grüne Tür des Ziegelbaus klopfte. Ob Tante Ines sie willkommen heißen würde? Die Menschen waren hart geworden. Außer ein paar Schmuckstücken hatte sie nichts zu bieten. Aber Erika konnte arbeiten. Putzen, kochen, waschen.

Sie betrachtete ihre Tochter. Ein blasses Kind, das oft kränkelte. Abwesend, unkonzentriert. Mehr als einmal hatte Erika in den letzten Tagen gedacht. Hätte es doch die Annegret und nicht den Poldi getroffen. Sie verachtete sich für diesen Gedanken und konnte ihn doch nicht unterdrücken.

»Annegret, bind das Haar ordentlich«, sagte sie und erschrak über die Kälte in ihrer Stimme.

Verwirrt sah das Mädchen die Mutter an. Zupfte unbeholfen an einer Strähne.

»Ist schon gut«, sagte Erika, trat einen Schritt vor und klopfte. Es dauerte lange, bis die Tür aufging.

»Ja?«, fragte ein Mann. Erika kannte ihn nicht.

»Ich ... ich möchte zu Ines. Ines Voigt.«

»Zu Ines?«, fragte er. Sein Blick wanderte von Erika zu Annegret.

»Ines ist meine Tante«, sagte Erika.

Der Mann führte sie durch einen düsteren Flur in das Wohnzimmer. Obwohl der Ofen brannte, war es kühl. Dunkle Holzdielen, zwei braune Sofas, ein grüner Sessel, in dem eine alte Frau saß. Ihr Körper reglos.

»Hatte einen Schlaganfall«, erklärte der Mann. »Hört nix, sagt nix. Arme und Beine gelähmt.« Er tippte sich gegen die Stirn. »Da ist nix mehr. Schläft die meiste Zeit. Der Arzt hat gesagt, da kann man nix machen, nur abwarten.«

Der Mann, der sich als Sebastian vorstellte, war der Verwalter. Als Erika ihm ihre Situation schilderte, lächelte er. Er könne Unterstützung gebrauchen, sagte er. Die zwei Gehilfen seien in den Krieg gezogen – Soldaten, und dann, vor drei Wochen, sei das mit Ines geschehen. So froh er auch über Erikas Erscheinen sei, ob sie nicht wisse, dass der Russe immer näher rücke. Und wenn nicht ein Wunder geschehe, dann werde es böse enden. »Glaubt ihr an Wunder?«, fragte er.

Erika schüttelte den Kopf.

»Ja. Ich glaube an Wunder«, sagte Annegret ungewohnt bestimmt.

»Red kein dummes Zeug«, schimpfte die Mutter und schüttelte den Kopf. »Wunder? Was weißt du von Wundern?«

»Ich ...«, begann Annegret.

Aber Erika fuhr ihr über den Mund. »Annegret, bitte!«

»Einer muss an Wunder glauben«, sagte Sebastian, der Mitleid mit dem blassen Mädchen hatte.

Das einstöckige Wohnhaus bestand aus Wohnzimmer, Küche und drei Schlafzimmern. Die Toilette war im Hof. Das Haus wurde mit Holz geheizt und mit Gaslampen erhellt.

Erika und Annegret teilten sich ein Zimmer, ein Bett. Der Raum war kalt, aber die Decke dick und mit Federn gefüllt. In der ersten Nacht schliefen sie so tief wie lange nicht mehr, und schon am nächsten Morgen machte Erika sich nützlich. Sie schrubbte das Haus, half Sebastian in den Ställen, die fünf Milchkühe, Schweine, Puten und Hühner beherbergten. Das zerbombte Darmstadt war weit weg, die Zukunft ungewiss. Es gab nur einen Tag nach dem anderen. Die schwere körperliche Arbeit hielt Erika ab vom Denken.

Doch Annegrets Gedanken wirbelten umher. Erika hatte das Mädchen zu der stummen Tante gesetzt, es war ja doch zu nichts nütze. Konnte nicht mal einen Eimer Wasser tragen.

Annegret hätte gern geholfen, beschwerte sich aber nicht. Sie hockte neben der Tante und dachte an die Toten. An den Vater, die Großeltern und vor allem an den Poldi.

Der Poldi war nicht nur der Liebling der Mutter gewesen. Annegret hatte ihren Bruder mehr gemocht als jeden anderen Menschen. Der Bruder hatte etwas in ihr gesehen, das anderen verborgen blieb. Er hatte sie zur

Königin eines ausgedachten Reiches erkoren. Sie war die Herrscherin und er zu ihren Diensten. Ein Ritter. Ein Lakai. Und oft wollte er nur der Kater der Königin sein. Er und seine Freundin, eine weiße Stoffkatze mit schwarzen Glasaugen, schnurrten zu Annegrets Füßen. Wenn sie krank das Bett hüten musste, besuchte der treue Diener seine Königin, obwohl die Mutter es verboten hatte – der Poldi soll sich ja nicht anstecken –, und erstattete ihr Bericht. In ihrem Reich konnten alle Tiere fliegen. Es gab nur gute Nachrichten und nie versiegende Schokoladenquellen.

Annegret wusste, dass sie ihren Bruder nie mehr wiedersehen würde. Und sie wusste auch, dass nie wieder eine sehr lange Zeit war.

»Magst du mir helfen?«, fragte Sebastian.

Annegret sprang auf und folgte ihm in den Schuppen. Drei Hundewelpen lagen auf einer blauen Filzdecke.

»Die Mutter hat sie verstoßen. Wir müssen aufpassen, dass sie nicht sterben«, sagte er und reichte Annegret ein Milchfläschchen. Sie nahm ein Tier nach dem anderen auf ihren Schoß und fütterte die sandfarbenen Welpen. Vorsichtig, gerecht.

»Das machst du gut«, lobte Sebastian sie. »Du bist jetzt für sie verantwortlich.«

Annegret strahlte. Sebastian war nach Poldi der Mensch, den sie am meisten mochte.

Die Welpen entwickelten sich prächtig in ihrer Obhut. Annegret dachte jetzt nur noch selten an Poldi. Das Weinen hatte aufgehört.

Im Vierseithof am Rande von Treuenbrietzen bekam

man zunächst nichts mit vom Einmarsch der Roten Armee. Bis zum 23. April glaubten Erika und Sebastian, der Krieg würde einfach so zu Ende gehen. Ein Wunder.

11

Malyschka

S ie hatten die grüne Tür eingetreten und standen im
Wohnzimmer. Acht Männer, acht russische Soldaten.
Tante Ines öffnete die Augen, blinzelte, schloss sie wieder. Erika und Annegret schwiegen, während Sebastian
sich langsam vom Sofa erhob. »Was wollen Sie?«, fragte
er in ruhigem Ton.

Einer der Soldaten, er hatte einen schwarzen Bart, sagte
etwas auf Russisch und erntete Gelächter.

Abrupt brach das Lachen ab. Der Bärtige sah Sebastian
an.

»Nemetskaya svin'ya«, sagte er.

»Ich verstehe kein Russisch«, antwortete Sebastian.
»Nehmen Sie, was Sie wollen. Wir haben nichts getan«,
sagte er leise. »Sie können alles haben. Tiere, wir haben
Tiere in den Ställen. Nehmen Sie alles.«

»Gib ihnen den Schmuck«, flüsterte Erika.

Ohne den Blick von Sebastian abzuwenden, fing der
Bärtige an zu reden.

Sie wussten nicht, dass er ihnen von seinen Verlusten
erzählte. Von unzähligen Toten. Von brennenden Dörfern und brennenden Kindern. Als er fertig war, nahm
er seinen Revolver aus dem Halfter und schoss auf Sebastian.

Eins.

Die Kugel traf Sebastians rechten Lungenflügel. »Fur Muuter«, sagte der Bärtige. Sebastian sackte zusammen.

Zwei.

In die linke Schulter. »Fur Vater.«

Drei.

Wieder rechts. Sebastian lag auf dem Boden. »Fur Gruschenka. Fur Katjuscha.«

Vier.

In den Kopf.

Annegret, die Augen aufgerissen, rutschte vom Sofa und kniete sich neben den Freund, streichelte sanft, was einmal sein Gesicht gewesen war. Es summte in ihren Ohren. »Er ist tot«, sagte sie. »Sebastian ist tot.«

»Gretchen. Schhh«, sagte die Mutter und zog das Mädchen zurück auf das Sofa. Legte schützend den Arm um Annegret.

Dann war ein Laut zu hören. Er klang wie der Ruf eines sterbenden Tieres und kam aus dem Mund der stummen Tante. Traurig und drohend zugleich. Ein Soldat mit einer regenfeuchten Pelzmütze auf dem Kopf ging zu der viel zu früh gealterten Frau, riss an ihrem Kleid, bis es in Fetzen an ihrem dünnen Körper herunterhing.

»Chto? Chto?«, fragte der Russe mit der Mütze und zog an ihren Brüsten, als wollte er sie ebenso wie das Kleid zerreißen.

Dann hatte er ein Messer in der Hand.

Die scharfe Klinge schnitt in Ines Brüste.

Schnitt durch Ines Kehle.

Zwei Männer durchsuchten das Haus, machten sich an

Schränken und Kommoden zu schaffen. Rissen Schubladen auf. Porzellan zerbrach. Bilder wurden von den Wänden gerissen.

Ein Soldat mit einem schmetterlingsförmigen Mal auf der linken Wange stellte sich vor Mutter und Tochter, schlug Erika ins Gesicht.

»Bitte, bitte nicht!«, sagte Erika.

Der Soldat lachte, die Schmetterlingsflügel flatterten.

»Bitte nicht!« Er zerrte sie hoch und schleppte sie in das angrenzende Schlafzimmer.

Annegret saß alleine auf dem Sofa. Der Bärtige packte das Mädchen an der Hand. Annegret blickte hoch zu dem Mann, der so viel größer war als sie selbst. Er führte sie in den Hof, zu dem Baumstamm, in dem eine Axt steckte. Mit der freien Hand zog er die Axt aus dem Stamm. Er sah sie an, zögerte, dann ließ er die Axt fallen und das Kind los. Aber Annegret lief nicht davon. Blieb einfach stehen.

»Malyschka, Malyschka«, sagte der Bärtige kopfschüttelnd und setzte sich seufzend auf den Baumstamm.

Er streckte die Arme aus. Hob Annegret auf seinen Schoß.

»Malyschka, Malyschka«, flüsterte er in ihr Ohr, in dem es immer noch summte.

Seine Gedanken wanderten ostwärts, aber er dachte nicht an all das Schreckliche, das er in den letzten Jahren gesehen hatte. Er sah Vater und Mutter die Köpfe zusammenstecken, sah, wie sie sich etwas zuflüsterten, das beide zum Lachen brachte. Und in diesem Lachen lag ihre ganze Liebe. Lag das Leben, das sie zusammen gemeistert hatten. Alle Entbehrungen, alle Freuden, die sie geteilt hatten. Er sah seine Schwestern, wie sie um die Liebe der fast blinden Katze buhlten. Er hörte die Stimmen seiner Eltern, seiner Schwestern, sie klangen wie ein Lied.

Erika fühlte keine körperlichen Schmerzen mehr. Sie dachte an ihre Tochter.

Ines und Sebastian waren tot. Erika ahnte, dass auch sie diese Nacht nicht überleben würde. Bilder zogen wie Schiffe an ihrem inneren Auge vorbei: Ihr Mann, den sie geliebt hatte. Sie hatte immer gehofft, ihn eines Tages besser kennenzulernen.

Der Poldi war seinem Vater wie aus dem Gesicht geschnitten. Dann fielen die Bomben.

Annegret war geblieben.

Ach, Annegret. Sie hätte das Kind mehr lieben müssen, geduldiger mit ihm sein müssen.

»Gretchen«, sagte sie leise. »Es gibt keine Wunder.«

Sieben Soldaten kamen aus dem Haus.

Sie versammelten sich um den Bärtigen, der noch immer mit Annegret auf dem Baumstamm saß.

»Net«, sagte er, als einer seiner Kameraden das Gewehr auf das Kind richtete. »Net.«

Widerwillig ließ der Mann seine Waffe sinken. Der Bärtige stand auf. Mit einer Handbewegung befahl er Annegret, sich auf den Stamm zu setzen.

Acht Soldaten stürmten die Ställe. Als der mit der Pelzmütze die Schuppentür öffnete, rannte Annegret los, stellte sich vor die drei sandfarbenen Hunde. Die

Tiere jaulten, sprangen an ihrer Ziehmutter hoch. Annegret kniete sich hin, legte ihre Arme um die Hündchen. »Net«, sagte sie. »Net.« Der Soldat sah das Mädchen an, zog sein Messer.

»Malyschka, Malyschka!«, schrie Annegret, um den Bärtigen, ihren grausamen Beschützer, herbeizurufen. »Malyschka, Malyschka!«

Bevor der Pelzmützenmann von der Klinge Gebrauch machen konnte, trat der Bärtige herein. Das Mädchen deutete auf die drei Hunde. »Malyschka, Malyschka.«

Und er antwortete: »Malyschka, Malyschka.«

Einen Hund nahm er auf den Arm, die zwei anderen folgten ihm.

12

Zündapp

Dora Winkler nahm das Kind auf, um wieder jemanden hassen zu dürfen. Aus vollem Herzen. Laut-
hals. Nicht das Kind, nein, die Russen. Niemand mochte
die Russen.

Man hatte das Mädchen – die Tochter einer Cousine,
die sie kaum gekannt hatte – zu ihr nach Stuttgart-
Zuffenhausen gebracht.

Annegret, ein scheußlicher Name. Aber für einen neu-
en war das Kind zu alt.

Ein Mann aus Treuenbrietzen, irgendwo in Brandenburg, hatte Dora im Oktober 1945 ausfindig gemacht.
Ob sie bereit sei, Annegret aufzunehmen. Sie sei die letzte lebende Verwandte. Doras erster Impuls war, Nein zu
sagen. Nein. Nein. Nein. Sie hatte schon genug Sorgen.

Friedrich war zu nichts mehr zu gebrauchen. Wie ein
schmollendes Kleinkind hockte Doras Mann in seinem
Ohrensessel und verweigerte sich dem Leben.

Friedrich wäre gern für Führer und Vaterland in
den Krieg gezogen. Sein lahmes Bein habe ihn daran
gehindert. Dora hatte Friedrichs Jammern verhallen
lassen. Die Wahrheit hätte er nicht ertragen. Sein Bein
war nur eines von unzähligen Mankos. Wäre Friedrich
in den Kampf gezogen, er hätte wahrscheinlich ganze

Kompanien in Gefahr gebracht, ungeschickt wie er war. Dora hielt nicht viel von ihrem Mann, hatte nie viel von ihm gehalten. Doch für ein Mädchen aus ärmlichen Verhältnissen hatte die Heirat mit dem Gymnasiallehrer einen sozialen Aufstieg bedeutet.

Friedrichs Beruf und sein Eintritt in die Partei hatten Dora manche Annehmlichkeit verschafft. Allen voran eine Zündapp KK 200. Dora war eine leidenschaftliche Motorradfahrerin. Friedrichs Beziehungen hatten ihr auch später geholfen. Sie hatten ausreichend Benzin bekommen, hatten nie auf Schokolade oder echten Kaffee verzichten müssen. Dora hatte geglaubt, es würde immer so weitergehen.

Dann kam der Februar 1943. Dora schälte Kartoffeln in der Küche, während Friedrich im Wohnzimmer Radio hörte.

Es muss jetzt zu Ende sein mit den bürgerlichen Zimperlichkeiten, die auch in diesem Schicksalskampf nach dem Grundsatz verfahren wollen: Wasch mir den Pelz, aber mach mich nicht nass! ... Es ist also jetzt die Stunde gekommen, die Glacéhandschuhe auszuziehen und die Faust zu bandagieren.

»Friedrich mach das leiser! Was schreit der denn so?«

Es ärgert uns nicht einmal, wenn unsere Feinde im Ausland behaupten, die Maßnahmen, die wir jetzt zur Totalisierung des Krieges durchführten, kämen denen des Bolschewismus ziemlich nahe.

»Friedrich, leiser!«

Wir verzichten freiwillig auf einen bedeutenden Teil dieses Lebensstandards ... im ganzen deutschen Volke überhaupt nur eine Meinung. Jedermann weiß, dass dieser Krieg, wenn wir ihn verlören, uns alle vernichten würde.

Dora, eine Kartoffel in der linken, ein Messer in der rechten Hand, stürmte ins Wohnzimmer.

Darum ist die totale Kriegführung eine Sache des ganzen deutschen Volkes. Niemand kann sich auch nur mit einem Schein von Berechtigung an ihren Forderungen vorbeidrücken.«

»Ich habe mir fast in den Finger geschnitten, weil der so schreit«, sagte Dora.

Aber Friedrich beachtete sie nicht. Das Publikum im Radio jubelte, und er sprang auf. Tränen der Rührung in den Augen, streckte er den rechten Arm in die Höhe.

Am nächsten Morgen war Doras Zündapp verschwunden. Verschwunden waren der echte Kaffee, verschwunden die guten Kleider.

Dora hasste Goebbels.

»Wenn der Krieg gewonnen ist, kaufe ich dir ein neues, ein besseres Motorrad. Ich kaufe dir wunderschöne Kleider, Dorle«, hatte Friedrich gesagt. »Wir müssen jetzt alle Opfer bringen.«

»Und wie hilft meine Pelzstola, den Krieg zu gewinnen? Wie?«

»Socken«, hatte Friedrich geantwortet.

»Socken?«

»Ja, sie werden Socken daraus machen, Socken für die Soldaten.«

Da wusste Dora, dass ihr Mann wirklich der Idiot war, für den sie ihn immer gehalten hatte.

Ihr blieb nichts übrig, als auf das Kriegsende zu warten. Und mit jedem Tag, an dem sie nicht den Fahrtwind spüren konnte, an dem sie diese braune Brühe trinken musste, wuchs ihr Hass auf Goebbels.

Sie hatte versucht, statt seiner die Juden zu hassen. Das durfte man. Es war ihr nicht gelungen. Was hatten die Juden mit ihrer Zündapp, mit Friedrichs Opferwillen zu tun?

Schließlich ging der Krieg zu Ende. Er ging verloren. Ein neues Motorrad und echter Kaffee rückten in eine ungewisse Zukunft. Im April kamen die Franzosen und durchsuchten das Haus in Zuffenhausen. Den Bombenangriffen hatte es standgehalten, nur damit die Franzosen jetzt herumschnüffeln konnten, um mitzunehmen, was ihnen wertvoll erschien.

Dora hasste die Franzosen.

Im Juli übernahmen die Amerikaner die Stadt. Sie kamen, um Gott weiß wie lange zu bleiben. Die Amerikaner erzählten von den Verbrechen der Deutschen. Was vorher bolschewistische Propaganda war, wurde nun zur Wahrheit. Es gab Zeugen und Zeugnisse.

Dora hasste die Amerikaner.

Im Februar 1943 war es gefährlich gewesen, Goebbels zu hassen.

Im April 1945 war es gefährlich gewesen, die Franzosen zu hassen.

Im Juli 1945 war es gefährlich, die Amerikaner zu hassen.

Im Oktober 1945 wusste Dora endlich, wohin mit ihrem Hass. Niemand mochte die Russen. Selbst ihre Verbündeten nicht.

Doras Tiraden stießen auf Zustimmung, entlockten selbst ihrem Trottel von Ehemann ein enthusiastisches Kopfnicken. Sie wurde nicht müde, von den Gräueltaten der Russen zu erzählen. Man hätte meinen können, sie sei dabei gewesen in jener Aprilnacht.

»Und dann haben sie das Kind geschändet. Können Sie sich das vorstellen? Erst bringen sie die Mutter um. Vor den Augen der Kleinen und dann ... Ich hasse die Russen. Oh, wie ich sie hasse. Schauen Sie sich das Mädchen an. Das arme Mädchen. So dünn. Spricht kaum ein Wort. Ganz verstört ist sie, die Kleine.«

Und der Nachbar gab Dora eine Packung Kaffee. Und der GI gab ihr eine Schachtel Zigaretten. Es tat gut, die Russen zu hassen.

Annegret hörte viele Wochen stumm zu. Aber eines Tages sagte sie: »So war es nicht.« Sie sagte es leise.

Dora sah sie verdutzt an. »Wie war es dann?«

Annegret zögerte. Eine lange Minute verging.

»Malyschka.«

Und mit diesem einen Wort, dessen Bedeutung sie nicht kannte, versuchte Annegret zu sagen: Ein Mädchen und drei Hunde wurden gerettet. Der Russe mit dem Bart hat sie gerettet. Er ist ein grausamer Beschützer, er hat meinen Freund getötet, und doch ... und doch ...

Malyschka. In Russland leben drei sandfarbene Hunde.

Malyschka. Ich glaube an Wunder.

»Armes Mädchen«, sagte Dora. »Sie haben dich ganz wirr im Kopf gemacht. Du armes Ding.«

Und die Tränen in Annegrets Augen zeigten Dora, dass sie recht hatte, dass sie mit allem recht hatte.

Sie verstand nicht und würde niemals verstehen, dass Annegret weinte, weil gerade ein bisschen Wahrheit verloren gegangen war.

13

Gewinner

Dora war sich so sicher gewesen, dass Emil irgendwann um Annegrets Hand anhalten würde. Emil
Nagelstädt schielte leicht auf dem rechten, stark auf dem
linken Auge, und Dora fand ihn äußerst lahmarschig,
aber er hätte Annegret eines Tages zur Herrscherin des
Hirschen gemacht.

Annegret arbeitete seit ihrem fünfzehnten Lebensjahr
als Serviermädchen im Weißen Hirschen, und Dora half
Alfred Nagelstädt bei der Buchhaltung.

Alfred Nagelstädt und Friedrich Winkler waren
Schulkameraden und Freunde gewesen. Später trennten
sich ihre Wege. Als Friedrich Winkler Doras Zündapp
dem Vaterland opferte, rettete Alfred Nagelstädt zwei
Zwangsarbeitern das Leben. In den Hitlerjahren mieden
die Winklers den Hirschen. Parteimitglieder verkehrten
nicht in der Gaststube der Nagelstädts.

Dann kamen die Franzosen, dann kamen die Amerikaner. Die Verlierer von gestern waren die Gewinner von
heute.

Gleich nach Kriegsende versuchte Dora, ihren Mann
zu einem Besuch im Hirschen zu bewegen.

»Warum?«, fragte Friedrich.

»Weil du nicht für immer schmollend in deinem Sessel

sitzen kannst. Das Leben geht weiter. Und ... und Alfred ist jetzt wer. Vielleicht kann er uns helfen. Vielleicht ...«

»Ich brauche keine Hilfe«, hatte Friedrich geantwortet.

Und so marschierte Dora alleine zum Hirschen. Doch als sie vor der halboffenen Tür stand und Rita Nagelstädts Stimme hörte, zögerte sie.

Sie erinnerte sich an ihre letzte Unterhaltung. An einem sonnigen Tag vor vielen Jahren. Hitler hatte gerade Verdun eingenommen, und Emil war noch ein Kind gewesen.

»Der Junge schielt ja«, hatte Dora gesagt.

»Das legt sich mit dem Alter«, hatte Rita geantwortet.

»Glaub ich nicht. Er sieht ein bisschen behindert aus. Vielleicht ist er behindert.« Dora hatte es leise gesagt, damit Emil nichts mitbekam. Sie hatte ja nichts Böses gewollt. Nur eine Feststellung. Aber Rita hatte das anders gesehen.

»Willst du mir Angst machen?«, hatte sie gefragt. »Du und dein Mann und seine ...«

»Was ist mit mir und meinem Mann?«

Rita hatte den Kopf geschüttelt. »Lass uns in Ruhe, Dora. Lass uns bloß in Ruhe.«

Aber Dora ließ sich nicht drohen, von niemandem. »Pass auf, was du sagst.« Ihre Stimme klang feindselig, die Arme hatte sie zum Angriff erhoben.

Rita hatte Emil an die Hand genommen und weggezerrt. Das Kind hatte nicht Schritt halten können und war über seine eigenen Füße gefallen.

»Siehst du!«, hatte Dora den beiden hinterhergeschrien. »Er kann ja nicht mal richtig laufen.«

Und dann kamen die Franzosen. Und dann kamen die Amerikaner. Die Gewinner von gestern waren die Verlierer von heute.

Dora machte unverrichteter Dinge kehrt.

Erst 1949, zwei Monate nach Rita Nagelstädts Beerdigung, ging Dora wieder zum Hirschen. Diesmal war Annegret bei ihr. Das Mädchen war jetzt seit vier Jahren in ihrer Obhut. Ein stilles Wesen. Dora hatte aufgehört, ihre Version von Annegrets Aprilnacht zu erzählen. Vielleicht weil jeder in Zuffenhausen sie bereits gehört hatte, vielleicht weil Opfergeschichten nicht mehr gefragt waren, es gab zu viele. Und es lag etwas in der Luft. Eine neue Zeit brach an. Das spürte auch Dora. Noch einmal wollte sie auf einem Motorrad sorglos durch die Straßen ihrer Heimat fahren.

Von ihrem Mann war nichts zu erwarten, für ihn schien es keine Zukunft zu geben.

Die Spruchkammer hatte Friedrich Winkler als Mitläufer eingestuft. Er hatte es als Beleidigung empfunden. Er war kein Mitläufer. Er hatte an Hitler geglaubt, und nicht der Führer hatte ihn betrogen. Die Kommunisten waren es gewesen, die Juden, die Verschwörer, die Franzosen, die Russen. Und sein lahmes Bein. Hätte er doch nur in den Kampf ziehen, ein Held sein, das Vaterland retten können.

Zu Doras Ärger hatte Friedrich seinen Gefühlen während der Befragung Luft gemacht. Und so wurde er ohne Bezüge aus dem Schuldienst entlassen.

Er hätte sowieso nicht weiter unterrichten wollen, hatte Friedrich zu Dora gesagt und sich in seinen Ohren-

sessel fallen lassen. Mit einer abfälligen Handbewegung
verscheuchte er seine Frau und ihre läppischen Sorgen.
Leise begann er zu singen:

»Zum letzten Mal wird Sturmalarm geblasen.
Zum Kampfe steh'n wir alle schon bereit.
Bald flattern Hitlerfahnen über allen Straßen.
Die Knechtschaft dauert nur noch kurze Zeit.«

Es gab keine Zukunft für Friedrich Winkler.

Im Hirschen hatte sich nur wenig geändert, seit Dora
hier zum letzten Mal einen Apfelschnaps getrunken hatte, noch vor dem Krieg.

Es war Mittwoch. Adenauer war seit ein paar Wochen
Bundeskanzler. Alle Tische waren besetzt. Es roch nach
Maultaschen und Ofenschlupfern.

Dora hatte recht behalten. Zumindest ein bisschen.
Emil schielte noch immer. Eine Brille mit daumendicken
Gläsern auf der Nase, saß er alleine an einem Tisch. Vor
ihm ein aufgeschlagenes Buch und ein unberührter Teller
Maultaschen. Dora stellte sich vor ihn, unterdrückte die
Frage, wie er mit diesen Augen überhaupt lesen könne.

»Emil«, sagte sie.

Der Junge blickte auf. »Ja?«

»Ich bin Dora.« Sie wartete einen Moment, aber zu ihrer Erleichterung schien der Junge keine Erinnerung an
jenen lange vergangenen Sommertag zu haben. »Und das
ist Annegret.«

»Ja?«, fragte er wieder.

»Ich möchte mit deinem Vater sprechen.«

»Mit meinem Vater?«

Schwer von Begriff war er auch noch.

»Alfred. Dein Vater.«

»Ja?«

»Ist er hier?«

»Ja.«

Dora seufzte. »Kann ich mit ihm sprechen.«

»Er ist in der Küche.«

»Komm«, sagte Dora zur Annegret.

Alfred Nagelstädt schüttelte ungläubig den Kopf, als Dora in seiner Küche auftauchte. Er lächelte ein wenig. Das Fünkchen Freundlichkeit ermutigte Dora. »Alfred«, sagte sie.

»Dora«, sagte er.

»Das ist Annegret.«

Alfred nickte. »Habe ich mir gedacht.«

Die Geschichte des Mädchens hatte sich bis zum Hirschen herumgesprochen.

»Was kann ich für dich tun, Dora?«

Das winzige Lächeln war in seine Stimme gerutscht. Er hatte Dora immer gemocht. Nie würde er den Tag vergessen, als sein Freund Friedrich ihm Dora vorgestellt und gesagt hatte, dass er sie heiraten wolle. Der Lehrer und die Frau mit der Straßenschläue. Die ihre Arme in die Höhe riss, sobald sie sich bedroht fühlte.

Alfred hatte versucht, Rita seine Sympathie für Dora zu erklären. »Sie ist wie ein wildes Tier. Wenn sie sich bedroht fühlt, greift sie an.«

»Und das ist ein Verdienst?«, hatte Rita gefragt.

»Nein. Aber ich kann es gut verstehen.«

Friedrich und Alfred waren Freunde gewesen, obwohl sie grundverschieden waren. Alfred hatte Friedrich beigebracht, wie man mit bloßen Händen Fische fängt, und Friedrich hatte Alfred *Winnetou* geschenkt. Gemeinsam hatten sie von Abenteuern in der Wildnis geträumt. Dann kam Hitler.

»Das Mädchen und ich brauchen anständig bezahlte Arbeit«, sagte Dora ohne Umschweife. Dann besann sie sich. »Herzliches Beileid wegen Rita. Es tut mir leid …«

»Danke«, sagte Alfred, und er dachte, wie sehr er das Wort ›anständig‹ hasste. Er hatte es zu oft gehört. Und alles, was als anständig bezeichnet worden war, war so unanständig gewesen, so hässlich und grausam. Er wollte nicht kleinlich sein. ›Anständig bezahlt‹, das ließ er gelten, von anständigen Menschen aber hatte er genug. Alfred fand sein Lächeln wieder und wandte sich an Annegret.

»Würdest du gerne als Bedienung arbeiten?«

»Ich denke, ja«, sagte das Mädchen leise.

»Gehst du nicht mehr zur Schule?«

»Sie ist fertig mit der Schule«, sagte Dora.

»Sie könnte Abitur machen.«

»Was soll sie damit?«

»Studieren.«

»Und dann?«, fragte Dora ungeduldig.

Alfred zuckte mit den Schultern. »Dann steht ihr die Welt offen. Emil studiert.«

»Er schielt noch immer«, sagte Dora.

Alfred nickte.

»Nicht böse gemeint, aber so ist es halt«, fügte sie hinzu.

»So ist es halt«, bestätigte Alfred. »Also gut, ich brau-
che wirklich eine neue Bedienung. Und was ist mit dir,
Dora? Verstehst du etwas von Buchhaltung?«
»Ja«, sagte sie bestimmt.
Es war eine Lüge, das wusste Alfred.
»Dann kannst du mir bei der Buchhaltung helfen.«

14

Irrtümer

B ald haben wir Geld, und dann kaufen wir ein Motorrad«, sagte Dora zu dem Mädchen, als sie den Hirschen verließen.

Annegret nickte. Sie liebte Dora. Nicht wie eine Mutter. Aber Dora war die einzige Familie, die sie hatte. Der
Mensch, der sie am längsten kannte.

In der Schule hatte es zwei Mädchen gegeben, mit denen sich Annegret gut verstanden hatte. Aber aus dem
Gutverstehen war nie mehr geworden.

Auch Dora hatte keine Freunde. Zwar besuchte sie regelmäßig sämtliche Nachbarn und nahm Annegret mit.
Aber das Mädchen spürte jedes Mal die Erleichterung der
anderen, wenn Dora und sie wieder gingen.

Dora redete gerne und viel, und Annegret war ihre auf-
merksamste Zuhörerin. Meistens war sie die einzige.

Manchmal ließen die Winklers Studenten zur Unter-
miete bei sich wohnen, um die Haushaltskasse aufzufül-
len. Die Studenten blieben nie lange. Dora gab Friedrich
die Schuld.

»Schau dich an, ich würde hier auch nicht wohnen wollen. Ist ja unheimlich, wie du immer dasitzt. Das ist nicht
normal.«

Auch Annegret fand Friedrich unheimlich. Einmal war

sie nachts aufgewacht. Männerstimmen drangen aus dem Wohnzimmer. Annegret stand auf und schlich nach unten. Nur eine Lampe brannte.

»Ich bin mit ihm bei den Sioux gefangen gewesen. Ich sage euch, dass ich damals gewiss und wirklich von ihnen in die ewigen Jagdgründe geschickt worden wäre«, sagte Friedrich. Er saß in seinem Ohrensessel, den Blick ins Leere gerichtet. Annegrets Eintreten hatte er nicht bemerkt.

»Ich bin nicht der Mann, der sich vor drei oder fünf Indianern fürchtet.« Der Tonfall änderte sich. »Und ob du dich vor Indianern fürchtest.« Mit der Faust schlug er auf sein Bein ein. »Du Feigling, Feigling!« Fester wurden seine Schläge.

»Hier sind keine Indianer«, sagte Annegret.

Friedrich schreckte auf. »Was?«

»Hier sind keine Indianer.«

Friedrich sah sie an. Er hievte sich aus dem Sessel. Machte einen Schritt auf sie zu.

Annegret bekam Angst und rannte zurück in ihr Zimmer. Mit klopfendem Herzen lauschte sie. Es war still.

Sie erzählte Dora nicht, was geschehen war. Dora würde Friedrich nur ausschimpfen. Und Annegret hatte Mitleid mit ihm.

Die Arbeit im Hirschen bereitete Annegret Freude. Alfred war geduldig. Selbst wenn sie etwas fallen ließ, was anfangs häufig geschah, lächelte er. Von Woche zu Woche gewann sie an Sicherheit, und bald schon war sie das beste Serviermädchen, das Alfred je gehabt hatte.

Jeden Tag, außer dienstags, arbeitete sie von 11 bis

22 Uhr in der Gaststube der Nagelstädts. Von 14 bis 15 Uhr hatte sie eine Stunde frei. Meist verbrachte sie ihre Pause mit Emil im Hirschen. Wenn er nicht in der Universität war, saß er lesend an einem der Tische.

Es war Freitag 14 Uhr. In Moskau hatte man vor wenigen Tagen Stalin zu Grabe getragen. Annegret war 19 Jahre alt, und im Hirschen duftete es nach Zwiebel-rostbraten und Vanille.

Annegret nahm ihre Schürze ab und setzte sich zu Emil.

»Du hast dein Essen nicht angerührt«, sagte sie. »Kalt schmeckt es nicht so gut. Ich meine, es schmeckt noch immer, aber …«

»Es gibt nur einen angeborenen Irrtum, und es ist der, dass wir da sind, um glücklich zu sein«, las Emil vor. »Schopenhauer«, sagte er und sah von seinem Buch auf.

»Wer ist Schopenhauer?«, fragte Annegret.

»Arthur Schopenhauer war ein Philosoph. Was denkst du? Hat er recht? Ist es falsch zu glauben, dass wir zum Glücklichsein auf der Welt sind?«

»Ich … Ich weiß es nicht.«

»Und was glaubst du, warum wir hier sind?«

»Darüber habe ich noch nie nachgedacht«, sagte Anne-gret.

»Noch nie?«

Sie schüttelte den Kopf.

»Du hast dich noch nie gefragt, wozu du auf der Welt bist?«

»Nein. Ich bin hier. Ist das nicht genug?«

»Ich weiß nicht, ob es genug ist, Annegret«, sagte er ernst.

»Dann sag mir, warum ich hier bin.«

»Das muss jeder selbst herausfinden«, antwortete er.

»Und du? Warum bist du hier?«

Er wählte seine Worte mit Bedacht: »Ich weiß es noch nicht. Aber ich suche.«

Annegret lächelte. »Sagst du mir Bescheid, wenn du eine Antwort gefunden hast?«

»Ja, mach ich.«

Sie schob das Buch beiseite. »Und jetzt iss deinen kalten Braten.«

Annegret unterhielt sich gerne mit Emil.

»Ich weiß nicht, woher er das hat«, sagte Alfred oft. »Ich habe immer nur Indianergeschichten gelesen.«

Emil ahnte bereits, welchen Weg er einschlagen musste, um seine Antwort zu finden, und aus der Ahnung wurde bald Gewissheit.

Er meldete sich am Priesterseminar an.

Emils Entscheidung versetzte Dora in Rage. Die Anstellung im Hirschen hatte ihr den Kauf eines Motorrads ermöglicht. Eine BMW 51/3. Neu. Baujahr 1951. Zwei Zylinder. 24 PS. Der Preis: 2750 DM. Wenn Dora nicht im Hirschen war, fuhr sie sommers wie winters durch die Straßen ihrer Heimat. Dora war glücklich.

Sie wollte das gleiche Glück für Annegret. Das Mädchen war die einzige Familie, die sie hatte. Friedrich zählte nicht. Er war ja fast kein Mensch mehr.

Mit großer Zufriedenheit hatte sie Emil und Annegret beobachtet. Ständig saßen sie beieinander. Und anders als Dora schien Annegret sich weder an Emils schielenden Augen noch an seiner Bücherobsession zu stören. Der

Junge könnte dankbar sein, eine Frau wie Annegret zu bekommen. Ungeduldig wartete Dora auf Emils Antrag. Sie hatte geglaubt, dass es nur eine Frage der Zeit wäre. Und jetzt hatte der Auserkorene ihre Pläne durchkreuzt.

»Alfred, bring den Jungen zur Vernunft. Was soll das? Priester ... Er will Priester werden?«

Alfred lachte. »Emil ist erwachsen. Er trifft seine eigenen Entscheidungen.«

»Das kannst du nicht zulassen. Priester, um Gottes willen!«

»Dora, du tust grad so, als würde er sich dem organisierten Verbrechen anschließen.«

»Er wird niemals heiraten können. Priester ... Das ist doch verrückt, das ist doch nicht normal für einen jungen Mann.«

»Ach, Dora«, sagte er lachend.

Also marschierte sie direkt zu Emil.

Wie immer hatte er ein Buch vor sich liegen.

»Komm mal mit!«

Emil sah verwundert auf. Dora sprach nur selten mit ihm. Und wenn, dann sagte sie Sachen wie: Geh da mal weg! Wisch mal ab! Bring das in die Küche! Steh da nicht rum!

Zum Mitkommen hatte sie ihn noch nie aufgefordert. Emil wusste, dass Dora nicht gerne mit ihm sprach. Einmal hatte er gehört, wie sie zu seinem Vater sagte: »Nie weiß ich, ob er mich ansieht, das macht mich nervös.«

»Nun komm schon. Worauf wartest du?«

Sie führte Emil zu ihrem Motorrad samt Seitenwagen. Den Seitenwagen hatte sie für Annegret gekauft. Doras

Versuch, dem Mädchen das Motorradfahren beizubringen, war gescheitert. Annegrets Hände und Beine hatten
gezittert, dabei war sie noch nicht einmal losgefahren.

Also hatte Dora den Seitenwagen angeschafft, und zu
ihrer Freude hatte Annegret nach der ersten Tour gesagt:
»Oh, Dora. Es ist großartig.«

»Setz dich«, sagte Dora zu Emil.

»Wo fahren wir hin?«

»Setz dich«, wiederholte sie.

Eigentlich musste er sich das nicht gefallen lassen, aber
die Neugier siegte.

Sie fuhren etwa eine halbe Stunde, bis Dora auf einem
einsamen Rastplatz anhielt. Sie stieg ab und baute sich
vor Emil auf. »Du kannst sitzen bleiben.« Dann richtete
sie den Blick auf Emils Nasenspitze, um den schielenden Augen auszuweichen. »Du darfst nicht Priester werden ... Du und Annegret. Ihr ... ihr solltet heiraten.«

Emil lächelte, in diesem Moment empfand er so etwas
wie Zuneigung für Dora.

»Ihr solltet heiraten«, wiederholte sie.

»Ich mag Annegret sehr, sehr gern«, sagte Emil schließlich. »Aber mein Weg ist ein anderer.«

Sie schnaubte verächtlich. »Papperlapapp. Das ist doch
ein Blödsinn. Ein dummer Blödsinn ...«

»Dora«, sagte er sanft, aber bestimmt, »bring mich bitte zurück.«

Sie rührte sich nicht. »Wer hat dir das eingeredet, diesen Unfug?«

»Niemand.«

»Oh doch. Oh doch. Das kommt davon, wenn man

seine Nase den ganzen Tag in solche Bücher steckt. Dieses Zeug. Annegret hat mir erzählt, was du da alles liest. Irgendwelche Hundsärsche, die beweisen wollen, dass es Gott gibt. Wie will man das denn beweisen? In der Bibel steht, du sollst heiraten und Kinder kriegen. Warum machst du nicht, was dein Gott dir sagt?« So schimpfte sie weiter, und Emil hörte geduldig zu. »Das wirst du noch bereuen«, schloss sie ihre Rede, und endlich fuhren sie zurück zum Hirschen.

Wenige Stunden später nahm Dora sich Annegret vor.

»Du hättest ihn verführen müssen. Kein Mann will dann noch Priester werden. Vielleicht ist es noch nicht zu spät.«

»Aber ich ... ich habe nie vorgehabt, Emil zu heiraten.«

»Was? Ich dachte, es stört dich nicht, dass er schielt«, sagte Dora.

»Tut es auch nicht.«

»Was ist es dann?«

»Ich liebe ihn nicht.«

»Und?«

»Man sollte seinen Ehemann doch lieben, oder nicht?«

»Wer sagt das?«

15

Freunde

Annegret starrte in den Spiegel und betrachtete die achtzehn grauen Haare. Gestern waren es weniger gewesen. Höchstens sechs. Vielleicht sollte sie zum Friseur gehen. Sie könnte etwas aus der Haushaltskasse nehmen, dann müsste sie Bernd nicht um Geld bitten. Er würde es ihr geben, natürlich nicht ohne Murren. ›Du und deine Luxussucht‹, würde er sagen, halb scherzhaft, halb ernst. Bernd nannte alles Luxus, was seiner Meinung nach nicht unbedingt notwendig war.

Annegret zog den Gürtel ihres hellbraunen Morgenmantels fester und ging in die Küche. Sie räumte den Frühstückstisch ab, spülte das schmutzige Geschirr. Sie saugte die Dreizimmerwohnung. Den roten Miele-Staubsauger hatte Bernd ihr zu Weihnachten geschenkt. Sie hatte sich einen roten Seidenschal gewünscht. Dann bügelte sie Bernds Hemden. Um 11:30 Uhr war die Wohnung sauber, die Wäsche im Schrank. Sechs Stunden, bis es Zeit war, das Abendessen zuzubereiten. Heute würde er später nach Hause kommen. »Essen um 18:30 Uhr«, hatte er gesagt und ihr einen Kuss auf die Wange gegeben.

Bernd und Annegret hatten sich vor fünfzehn Jahren im Weißen Hirschen kennengelernt, kurz nachdem Alfred seinen ersten Herzinfarkt erlitten hatte.

»Das sind die besten Spätzle, die ich jemals gegessen habe«, hatte Bernd gesagt, und seine grünen Augen hatten gefunkelt. Er hatte Nachtisch bestellt und dann Limonade und Bier und Limonade und Bier und Limonade und Bier. Immer abwechselnd.

»Wo gehen Sie denn hin?«, hatte er gefragt, als Annegret um 14 Uhr die weiße Schürze auszog.

»Ich habe Mittagspause.«

»Darf ich Sie begleiten?«

»Ich … ich wollte zum Friedhof. Wenn Sie wollen … Ich meine … Gerne.«

»Also dann zum Friedhof«, hatte er gesagt, und wieder hatten seine Augen gefunkelt. So gefunkelt, dass es Annegret auf eine angenehme Art nervös gemacht hatte.

Auf dem Weg tauschten sie Belanglosigkeiten aus.

»Hier ist es«, sagte Annegret und deutete auf den weißen Marmorstein.

»Friedrich Winkler, geboren 1901, gestorben 1956. Dora Winkler, geboren 1903, gestorben 1955. Auf Wiedersehen«, las Bernd vor.

»Dora war … Sie hat mich aufgezogen. Seit meinem elften Lebensjahr habe ich bei ihr gewohnt … Motorradunfall. Sie war … Sie war ein besonderer Mensch«, Annegret lachte kurz. »Ich wusste nicht, was für einen Spruch ich für den Grabstein nehmen sollte. Dora hat nicht viel von Gott gehalten, und sie war auch nicht, na ja, sentimental, und da dachte ich, ›Auf Wiedersehen‹, das hätte sie gemocht.«

»Und wer war er?«

»Ihr Mann.«

An Annegrets freiem Tag sahen sie sich wieder. Sie aßen in einem italienischen Restaurant. Bernd trug ein blaues Sportsakko und Annegret karminroten Lippenstift.

Er war neun Jahre älter als sie. Er war in Frankreich in Kriegsgefangenschaft geraten und 1946 freigekommen. Er hatte nie Soldat werden wollen. Jetzt war er Hausmeister in einer Realschule. Er war zufrieden. Zufrieden – das wiederholte er immer wieder.

Nachdem er alles Wesentliche oder das, was er als wesentlich empfand, erzählt hatte, bat er Annegret um ihre Geschichte.

Sie packte ihr Leben in wenige Worte: Bombenangriff. Flucht. Kriegsende. Stuttgart-Zuffenhausen. Weißer Hirsch.

Die Nacht, in der drei Hunde und ein Mädchen gerettet wurden, erwähnte sie nicht. Was sich damals wirklich zugetragen hatte, wusste niemand. Vielleicht würde sie eines Tages dem Mann mit den funkelnden Augen davon erzählen. Irgendjemand sollte einen doch ganz und gar kennen.

Zwei Verabredungen später waren Annegret und Bernd beim Du. Sie feierten Weihnachten und Silvester zusammen. Sie erlebten einen verliebten Frühling und unbeschwerte Sommertage. Als in Russland Stalins Leichnam aus dem Lenin-Mausoleum entfernt und an der Kremlmauer beigesetzt wurde, machte Bernd Annegret einen Heiratsantrag. Auf die standesamtliche Trauung folgte ein kleines Fest im Hirschen. Es war Winter. Annegret fror in ihrem blassgelben Seidenkleid, aber sie war glücklich.

Nach der Hochzeit zog Annegret Büttner, geborene Zollner in Bernds Eigentumswohnung im Osten der Stadt – drei Zimmer, Küche, Bad – und arbeitete nur noch viermal die Woche im Hirschen.

Sie müsse gar nicht arbeiten, hatte Bernd gesagt. Sie könne doch etwas anderes machen. Etwas, das weniger mit Männern, Bier und Schnaps zu tun hatte.

»Ich kann Alfred nicht im Stich lassen«, hatte Annegret geantwortet. »Ich bin sein bestes Serviermädchen.«

Widerwillig hatte Bernd ihren Einwand gelten lassen.

Dann erlitt Alfred einen zweiten Herzinfarkt. Der Hirsch wurde verkauft, und Annegret blieb zu Hause.

Oft fühlte Annegret sich unsichtbar, oft fühlte sie sich steinalt.

Sie zog sich an und verließ das Haus.

Fast täglich unternahm sie den sieben Kilometer langen Spaziergang nach Zuffenhausen. Der Weiße Hirsch hieß nun Zur Traube. Die Einrichtung aber war geblieben.

Alfred wohnte ganz in der Nähe in einem Apartment-komplex, der an ein Seniorenheim angeschlossen war. Der zweite Herzinfarkt hatte ihn in einen Greis verwandelt. Selbst mit Stock war jeder Gang ein mühsames Unterfangen. Manchmal schaffte Alfred es nicht rechtzeitig zur Toilette.

Dreimal die Woche putzte eine Haushaltshilfe die winzige Wohnung. Sie badete Alfred, machte Besorgungen und kümmerte sich um seine Wäsche.

Die vollgepinkelten Hosen stopfte Alfred in eine separate Tüte.

»Sie müssen sich doch nicht schämen«, sagte die Haushaltshilfe, wenn Alfred ihr das Bündel mit einem »Tut
mir leid« reichte.

Abends schaute ein Pfleger nach dem Rechten, schaute,
ob Alfred einen weiteren Tag überlebt hatte.

Annegret klopfte an Alfreds Tür.

»Ich komme«, rief er laut.

Es dauerte einige Minuten, bis er öffnete. Annegret
umarmte ihn. So standen sie eine ganze Weile auf der
Schwelle, als hätten sie sich sehr lange nicht gesehen.
Dabei besuchte Annegret ihn fast jeden Tag, außer am
Wochenende. Die Wochenenden gehörten Bernd.

Die Luft war stickig. Es roch nach Essig und abgestan-
dener Bratensoße.

»Ich mache uns einen Kaffee«, sagte Annegret und öffnete das Fenster.

»Zu warm?«, fragte Alfred.

»Du brauchst frische Luft.«

»Danke«, sagte er, als sie mit Kaffee und Keksen zurückkam.

Sie saßen nebeneinander auf Alfreds Bett. Für ein Sofa
war kein Platz.

»Was gibt es Neues, mein Mädchen?«, fragte Alfred.
Ein paar Kekskrümel landeten auf seinem Hemd.

»Ich habe graue Haare«, sagte Annegret und lachte.
»Schau«, sie deutete auf ihren Kopf. »Ich bin alt.«

»Nein, das dauert noch«, sagte Alfred. »Du bist eine
wunderschöne Frau.«

Annegret spürte, wie sich ihre Kehle zuschnürte.

»Bist du glücklich, mein Mädchen?«, fragte Alfred.

Sie nickte. »Alles ist gut ... alles ist wie immer.«

»Ja?«

»Ja.« Annegret lächelte verlegen. »Hast du etwas von Emil gehört?«

Nachdem Emil die Priesterweihe erlangt hatte, war er für ein katholisches Hilfswerk nach Äthiopien gegangen.

»Ich warte auf einen Brief«, sagte Alfred. »Ich frage mich, wann ich ihn wiedersehen werde, oder ob ...« Er nahm sich noch einen Keks. »Die Zeit ist ein seltsames Tier.«

Nach dem Kaffee gingen sie gemeinsam auf den Fried-hof, zu Rita, Dora und Friedrich.

»Ich denke oft an Friedrich«, sagte Alfred, als sie vor dem weißen Grabstein standen. »Ich sehe den Jungen, mit dem ich zur Schule gegangen bin. Ich ... ich kann die Stimme des Jungen hören. Während des Kriegs bin ich Friedrich manchmal auf der Straße begegnet. Grußlos ist er weitergegangen. Irgendwo in diesem Arschloch steckt der Junge, der früher mein Freund war, habe ich damals gedacht.« Er lachte. »Und da unter der Erde liegt er, mein Freund. Ach, Annegret, die Zeit ist ein seltsames Tier.«

16

Verwandlung

Sie holte die Kartoffeln aus dem Keller und bereitete das Abendessen zu. Rösti mit Kalbsbratwurst. Zweimal schnitt sie sich in den Ringfinger. Ihre Gedanken waren bei den Merles.

Ute Merle aus dem Nachbarhaus hatte Zwillinge zur Welt gebracht. Eineiig. Annegret hatte die Merles eben auf der Straße getroffen.

»Mirko und Roland«, hatte Herr Merle gesagt und stolz auf die Babys gedeutet.

Annegret hatte gratuliert und Rolands Händchen gestreichelt.

Noch vor der Hochzeit hatte Bernd gesagt, dass er keine Kinder wolle. Annegret hatte genickt. Bernds Liebe war alles, was sie brauchte. Doch dann wurden die Küsse flüchtiger, die Gespräche eintöniger.

Um 18:25 Uhr kam Bernd nach Hause. Fast wären die Würste angebrannt. Um 18:30 Uhr servierte Annegret das Essen.

»Wie war dein Tag?«, fragte sie.

»Viel erledigt«, sagte er.

»Ich war bei Alfred, und dann sind wir auf den Friedhof gegangen«, sagte sie.

»Schön«, sagte er kauend.

»Ich habe die Merles getroffen mit den Babys. Jungs. Zwei Jungs«, sagte Annegret.

»Mmh.«

»Mirko und Roland.«

»Wer?«

»Die Babys von den Merles heißen Mirko und Roland.«

»Aha.«

»Schmeckt es dir?«, fragte sie.

»Mmh.«

»Schau«, sie deutete auf ihren Kopf. »Ich habe graue Haare.« Sie lachte. »Ich bin alt.«

Bernd nickte, ohne sie anzusehen.

»Vielleicht gehe ich bald zum Friseur.«

»Warum?«, fragte er.

»Um die Haare zu färben.«

»Mmh.«

Schweigend beendeten sie das Abendessen. Später schauten sie *Was bin ich?* mit Robert Lembke. Manchmal lachte Bernd, und dann lachte auch Annegret, obwohl sie gar nicht hingehört hatte. Sie lachte, um etwas mit Bernd zu teilen.

Als sie im Bett lagen, schmiegte Annegret sich an ihren Mann. Wünschte, dass er ihre Zärtlichkeiten erwidern würde. Es war dunkel und still im Schlafzimmer. Die Laken rochen nach Lilien.

»Ist es nicht seltsam, dass ich nie schwanger geworden bin?«, fragte Annegret leise. Ihre Stimme durchbrach die nächtliche Stille nicht, streifte sie nur.

Bernd schnaubte entnervt und knipste das Licht an. »Ist es wegen den Merles, ja? Dass du damit jetzt anfängst?«

»Nein, nein.« Sie bemühte sich zu lächeln, unschuldig zu lächeln. »Es kann ja auch passieren, wenn man nicht ... also wenn man kein Kind will. Man kann ja trotzdem schwanger werden, oder?«

»Und was soll das heißen?«, fragte er.

»Ich habe doch nur ... Ich will nicht streiten, Bernd. Lass uns schlafen. Lass uns nicht streiten.«

Er schnaubte noch einmal und schaltete das Licht aus.

»Gute Nacht, Bernd«, sagte sie und berührte sanft seinen Ellbogen.

»Gute Nacht.«

Am nächsten Samstag gingen sie ins Kino. *My Fair Lady* wurde wiederholt. Annegret hatte den Film ausgesucht. Sie hatte ihn schon zweimal in der Nachmittagsvorstellung gesehen, aber das wusste Bernd nicht.

Annegret war fasziniert von Audrey Hepburns Verwandlung vom Straßenmädchen zur Lady. Natürlich, es war nur ein Film, aber würde Annegret in einem weißen Ballkleid und ohne die grauen Haare nicht auch wie eine Lady aussehen?

Bernd schlief nach wenigen Minuten ein. Er schlief meistens im Kino ein. Zwischendurch wachte er auf, konnte der Handlung nicht folgen und nickte wieder ein.

»Hast du ihr Kleid gesehen?«, fragte Annegret nach der Vorstellung. »Das weiße Ballkleid?«

»Mmh«, machte er.

»So ein Kleid hätte ich gerne«, sagte sie.

»Was willst du denn mit einem Ballkleid?«, fragte Bernd. »Zu welchem Ball gehst du dann?« Er klang amüsiert.

Sie zuckte mit den Schultern. »Ich hätte es einfach gern. Ich … ich könnte es zu Hause anziehen.«

»Ballkleid«, sagte er lachend. »Ein Ballkleid.«

»Würdest du mich nicht gerne in so einem Kleid sehen?«, fragte Annegret.

»Warum?«

»Weil ich hübsch aussehen würde.«

»Ach, Annegret«, sagte Bernd und küsste sie auf die Stirn.

»Wir könnten das Ganze etwas frischer machen, heller, blond. Das würde Ihr Gesicht zum Leuchten bringen«, sagte die Friseurin.

»Ich weiß nicht«, sagte Annegret. »Ich möchte einfach nur, dass das Grau verschwindet.«

»Das Grau wird verschwinden, aber der Rest ist ja auch nicht wirklich frisch.«

»Braun«, sagte Annegret. »Meine Haare sind braun.«

»Ja, aber das Braun hat keine Tiefe«, erklärte die Friseurin. »Es ist mehr ein Mausbraun. Verstehen Sie?«

Annegret nickte.

»Also blond?«

»Ja«, sagte Annegret.

»Und einen Schnitt brauchen Sie auch, für das Volumen. Lassen Sie mich mal machen.«

»Ja«, sagte Annegret.

Also machte die Friseurin mal, und am Ende reichten Annegrets schulterlange Haare nur noch bis zum Kinn und waren hellblond.

Lange betrachtete Annegret ihr Spiegelbild.

»Gefällt es Ihnen nicht?«, fragte die Friseurin.

»Ich weiß nicht. Es ist ungewohnt.«

»Sie sehen großartig aus. Wie ein ganz neuer Mensch.«

Vor jedem Schaufenster blieb Annegret stehen. Sie sah wirklich anders aus. Wie ein ganz neuer Mensch.

Zu Hause holte sie die Kartoffeln aus dem Keller und bereitete das Abendessen zu. Kartoffelpüree mit Wirsing und Fleischklößen.

Um 17:50 Uhr kam Bernd nach Hause. Fast wären die Fleischklöße angebrannt. Immer wieder war Annegret ins Badezimmer gelaufen, um die neue Frisur zu betrachten. Um 18 Uhr servierte sie das Essen.

»Gefällt es dir?«, fragte Annegret und deutete auf ihre Haare.

»Gelb«, sagte Bernd.

»Blond und kürzer. Gefällt es dir?«

»Ja.«

»Du hast mich gar nicht richtig angeschaut«, sagte sie leise.

»Habe ich denn nicht gerade gesagt, dass es mir gefällt?«

»Doch«, sagte sie.

Später guckten sie die Tagesschau, dann gingen sie zu Bett. Es war dunkel und still im Schlafzimmer.

»Ich liebe dich«, sagte Annegret.

»Ich liebe dich auch«, sagte Bernd.

17

Zeit

Annegret war 42 Jahre alt. Das Haar trug sie schulterlang und honigblond. Es war Mai. Es war warm, es sollte noch wärmer werden. Der Sommer 1976 würde als große Dürre in die Geschichte eingehen. Aber noch war Mai, und vor der Hitze machte die RAF Schlagzeilen. Seit bald einem Jahr lief der Prozess in Stammheim. Zwei Tage zuvor hatte Ulrike Meinhof sich in der Justizvollzugsanstalt erhängt. An einem Sonntag, am Muttertag. Obwohl Stammheim nur neun Kilometer Luftlinie von der Dreizimmerwohnung der Büttners entfernt lag, berührten die Ereignisse Annegrets und Bernds Leben nicht.

Die Wohnung war sauber, die Wäsche im Schrank.

Annegret zog ihre Schuhe an und verließ das Haus. Auf dem Weg nach Zuffenhausen kaufte sie pinkfarbene Tulpen für Dora und Friedrich, gelbe Rosen für Alfred.

Der dritte Herzinfarkt war Alfreds Ende gewesen. Die Haushaltshilfe hatte ihn gefunden. Im Badezimmer, auf dem Boden, neben der Tüte mit der vollgepinkelten Wäsche.

Er weht nach Süden, dreht nach Norden, dreht,
dreht, weht, der Wind. Weil er sich immerzu dreht,
kehrt er zurück, der Wind.

Emil hatte Annegret aus Äthiopien angerufen. Hatte um die Inschrift und schwarzen Marmor gebeten.

»Du klingst so nah«, hatte Annegret am Telefon gesagt. Sie war aufgeregt, als er ihr die Instruktionen gab. Aus Afrika. Das war verrückt, und er klang so nah. Sie hatte noch nie mit jemandem telefoniert, der nicht in Stuttgart wohnte. Afrika. Und während Emil aus dem Buch Kohelet diktierte, zitterten ihre Hände.

»Ich wünschte, ich könnte kommen«, sagte Emil.

»Emil?«

»Ja?«

»Ich wollte dich was fragen ... Hast du eine Antwort gefunden? Warum du da bist. Erinnerst du dich? Der Irrtum, dass wir glauben, wir würden leben, um glücklich zu sein?«

»Schopenhauer«, sagte er.

»Ja«, sagte sie.

»Ich habe eine Antwort. Aber sie hat keine Worte, keine Sprache. Jeder Schritt, jeder Atemzug ist Teil der Antwort.«

»Das verstehe ich nicht«.

»Besser kann ich es nicht erklären.«

Auch Alfred wurde neben seiner Frau beerdigt.

Viele waren gekommen, um den ehemaligen Hirschenbesitzer zu verabschieden und ein paar Tränen zu vergießen. 39 Kränze schmückten das Grab.

Annegret entsorgte die verwelkten Blumen und steckte die gelben Rosen in die steinerne Vase.

»Alles ist gut, alles ist wie immer«, sagte sie leise, als

ob Alfred sie eben gefragt hätte: Bist du glücklich, mein Mädchen?

»Geehrte Dame, Verzeihung«, erklang eine Stimme hinter ihr.

Annegret drehte sich um.

Ein Mann in dunklem Anzug. Nicht älter als dreißig. Er nahm seinen Hut ab und verbeugte sich leicht. Ein paar Schweißperlen rollten über seine Stirn. Er hielt einen Zettel in der Hand.

»Ja?«, fragte Annegret.

»Verzeihung«, sagte er. »Ich sprechen die Sprache nicht sehr perfekt, ja?« Er blickte auf seinen Zettel, dann deutete er auf Alfreds Grab. »Dieser war Alfred Nagelstädt?«

Annegret nickte.

»Sie ihn kannten?«

»Ja«, sagte Annegret.

Der Mann lächelte. »Ah.«

»Kannten Sie ihn auch?«, fragte Annegret.

»Nein. Aber dieser hat meine Vaters Leben gerettet. Lange her.«

Der Fremde reichte Annegret die Hand.

»Ich heiße Nicolaj Andrejewitsch Sobolew.«

»Annegret Büttner«, sagte Annegret und schüttelte Nicolajs Hand.

»Meine Vater Andrej war Soldat, kam hier im Krieg als Arbeiter, eigentlich Gefangener. Nicht wollte kommen. Gezwungen. Meine Vater und seine Freund hier geflohen von eine Fabrik. Und diese Mann, Alfred, sie gerettet. Sie versteckt. Ja? In seine Haus. Alles, was ich wissen.«

»Ich habe davon gehört«, sagte Annegret. »Alfred hat zwei Zwangsarbeitern geholfen.«

Nicolaj lächelte. »Verzeihung, geehrte Dame, wenn Sie können ein bisschen langsam sprechen.«

»Oh. Ja, natürlich. Langsamer«, sagte Annegret. »Woher ... woher kommen Sie?«

»Russland«, sagte Nicolaj.

»Und Ihr Vater?«

»Auch Russland.«

»Und er wurde nach Deutschland gebracht, um zu arbeiten?«

»Ja. Vieles Russen. Vieles Soldaten. Hier geschleppt. In Fabrik.«

»Ich wusste nicht, dass Ihr Vater ... also, dass die Männer, die Alfred gerettet hat, Russen waren.«

»Ja«, sagte Nicolaj. »Russen.« Er zögerte einen Moment, dann fuhr er fort. »Würden Sie mir schenken etwas Zeit. Und erzählen ein bisschen von diese Alfred?«

»Ja«, sagte Annegret. Sie hatte Zeit. Ganze Vormittage konnte sie ihm schenken.

Annegret führte Nicolaj in den ehemaligen Hirschen, in die ehemalige Traube. Die Wirtschaft hatte wieder den Besitzer gewechselt und hieß nun Schlaraffenland. Erst vor kurzem hatte man die Fassade gelb gestrichen. Innen war die Zeit stehen geblieben. Nur einige wenige Tische waren ausgetauscht worden und die Sitzbank neu gepolstert.

Während Annegret und Nicolaj zu süßen Rotwein tranken und matschigen Apfelkuchen aßen, erzählte Annegret von ihrer Zeit als Alfreds bestes Serviermädchen.

Erzählte von seiner Geduld, seiner Güte, seinem Sohn, seinen Herzinfarkten. Sprach von der motorradfahrenden Dora. Von Doras Mann Friedrich, der in seinem Ohrensessel gestorben war.

Nicolaj war ein aufmerksamer Zuhörer.

»Und Alfred meine Vater hier versteckt?«

»Ich ... ich weiß es nicht genau. Ich denke schon. Alfred hat mit seiner Familie über der Gaststätte gewohnt.«

»Und Sie wissen, wie lange meine Vater hier war?«

Sie schüttelte den Kopf. »Alfred hat nie darüber gesprochen. Also ... Und ich ... ich habe ihn nie danach gefragt. Jeder wusste, dass er zwei Menschen gerettet hat. Aber ...«

»Sie wissen, warum er gerettet meine Vater und seine Freund?«

»Ich glaube ... Ich ... Er war einfach ein guter Mensch.« Annegret hielt inne. »Ist es nicht komisch, dass man jemanden so gut kennt und doch so vieles nicht weiß?«

»Ja«, sagte Nicolaj. »So vieles nicht weiß. Deshalb ich gekommen. Meine Vater nie erzählt seine ganze Geschichte. Und dann, kurz bevor er sterben, er sagen Dinge von diese Land und von Alfred und von Jelisaweta. Eine Frau, die nicht war meine Mutter.«

Annegrets Blick fiel auf die Uhr, die schon immer über der Eingangstür gehangen hatte. Es war 16:09 Uhr. Sie musste die Kartoffeln aus dem Keller holen und das Abendessen zubereiten.

»Wie lange bleiben Sie in Stuttgart?«, fragte sie.

»Meine Visum ist für drei Wochen. Ich ...«

»Haben Sie morgen Zeit?«, fragte Annegret mit einer

Dringlichkeit, die sie selbst überraschte. »Möchten Sie mich treffen? Und Sie ... also, wenn Sie wollen, dann können wir ... Sie können mir von Ihrem Vater erzählen.«

»Ja«, sagte Nicolaj. »Sehr, sehr gern.«

»Also dann, morgen um elf an Alfreds Grab?«

Annegret fuhr mit dem Taxi nach Hause. Davon würde sie Bernd nichts erzählen. Taxifahren war Luxus.

Bratkartoffeln, Blumenkohl und Rouladen vom Vortag.

»Wieder Rouladen?«, sagte Bernd.

»Ja.«

»Wir hatten gestern Rouladen.«

»Ich dachte, du magst Rouladen.«

»Aber nicht jeden Tag.«

»Morgen gibt es etwas anderes.«

»Gut«, sagte er.

»Wie war die Arbeit?«, fragte Annegret.

»Nichts Besonderes.«

»Ich habe frische Blumen zum Friedhof gebracht«, sagte sie. »Und ich habe ...«, Annegret zögerte, »ich habe ein Stück Kuchen im Hirschen gegessen. Er heißt jetzt Schlaraffenland.«

»Wer?«

»Der Hirsch.«

»Aha.«

»Sie haben die Fassade gelb gestrichen.«

18

Schwäne

Und Nicolaj erzählte.

Sein Vater kam in den Straßen von Petrograd zur Welt. Waleria Jurjewna Sobolewa war hochschwanger, als sie »Nieder mit dem Hunger! Nieder mit dem Krieg!« schrie. Eine Stimme unter Hunderten, Tausenden. Zum ersten Mal in ihrem Leben erhob Waleria ihre Stimme. Ein Rausch ergriff ihren Körper. Trug ihre müden Beine durch die Stadt. Dann platzte ihre Fruchtblase.

Ihr Mann war Soldat und zu diesem Zeitpunkt schon gefallen. Die Nachricht von seinem Tod würde sie in wenigen Tagen erreichen. Ob er der Vater ihres Kindes war, wusste Waleria nicht. Sie hatte Sergej Sobolew betrogen. Mehrmals. Mit einem hatte sie aus Mitleid geschlafen, mit zweien für Brot, mit dem vierten, weil der es wollte und sie zum Neinsagen zu müde gewesen war, mit dem fünften für ein Stück Fleisch. Ein handtellergroßes Stück Fleisch. Er hatte gesagt, es sei Schwein. Es war zwar lange her, dass Waleria Schwein gegessen hatte, aber sie konnte sich an den Geschmack erinnern. Was der Mann ihr gegeben hatte, war kein Schwein. Es roch seltsam, es stank sogar. Sie hatte es trotzdem gegessen und sich anschließend erbrochen.

160

»Andrej Sergejewitsch Sobolew«, sagte Waleria, als sie das winzige Kind in den Armen hielt, und damit war die Sache vom Tisch.

Obwohl seine Mutter ihre Stimme in den Straßen von Petrograd erhoben hatte, obwohl sie mit Hunderten, Tausenden »Nieder mit dem Hunger! Nieder mit dem Krieg!« gerufen hatte, als Andrej zur Welt gekommen war, sollten Hunger und Krieg sein Leben bestimmen. »Das Kind der Hoffnung!«, hatten die Waleria zur Hilfe geeilten Frauen gerufen. »Ein Zeichen!«

Nach der Revolution im Februar kam die Revolution im Oktober, dann kämpften die Roten gegen die Weißen. Es ging um die Idee einer neuen Weltordnung. Am Ende siegten die Roten.

Waleria hatte immer noch Hunger und verstand die Welt nicht mehr. Irgendwann würde es nur noch tote Soldaten geben.

Dann brannte das Haus ab, in dem Waleria und ihr Sohn Andrej ein winziges Zimmer bewohnten. Mittellos zogen sie nach Moskau zu Walerias Bruder.

Nach Lenin kam Stalin. Aus Freunden wurden Feinde. Und Feinde mussten vernichtet werden.

Walerias Bruder Mischa war Porträtmaler. Sein außerordentliches Talent, Menschen getreu und doch schmeichelhaft in Farbe zu bannen, brachte ihm einige Privilegien ein.

Einmal hatte er die Frau eines einflussreichen Parteifunktionärs gemalt.

»Mischa«, hatte der Mann gesagt, »jetzt liebe ich sie wieder. Jetzt verstehe ich wieder, warum ich sie geheiratet habe. Jetzt sehe ich, wer sie ist.« Das Abbild seiner Gemahlin habe ihn zu Tränen gerührt, habe, so sagte er, seine Ehe gerettet.

Mischa hatte den Gefühlsausbruch seines Kunden lächerlich gefunden, doch er hatte seine Hand auf die Brust gelegt und gesagt: »Ich möchte kein Honorar, ihre Worte sind Bezahlung genug.«

Mischa war ein kluger Mann. Der Parteifunktionär hielt seine schützende Hand über ihn und besorgte ihm eine größere Wohnung. Zwei Zimmer. In dem einen malte Mischa zahllose Stalinbilder, Gattinnen-, Schwestern- und Töchterporträts, das andere bezogen Waleria und Andrej.

Sie wurden Mischas Gehilfen. Diese Jahre, in denen es in Moskau kaum Lebensmittel zu kaufen gab, sollten Walerias und Andrejs sorgloseste sein. Mischas Auftraggeber zeigten ihre Dankbarkeit in Brot, in Wurst, in Bohnen, in Kleidung und manchmal in Wodka. Waleria hatte keinen Hunger mehr.

Eines Tages betrat eine junge Frau, fast noch ein Mädchen, mit dunklen Haaren und blasser Haut Mischas Wohnung. Sie hieß Jelisaweta. Ihr wesentlich älterer Mann hatte sie hergebracht.

Drei Nachmittage stand Jelisaweta Mischa Modell. Waleria und Andrej saßen etwas abseits und arbeiteten an einem anderen Auftrag. Stalins Konterfei auf einem teuren Porzellanservice.

Andrej verliebte sich in Jelisaweta, augenblicklich und heftig. So wie man sich verliebt, wenn man nichts von der Liebe weiß. Er war 23 Jahre alt. Es hatte ein paar bedeutungslose Frauen und ein paar bedeutungslose Küsse gegeben.

»Wo ist dein Kopf?«, sagte Mischa zornig, als er die zerbrechliche Zuckerdose begutachtete, an der Andrej gearbeitet hatte. »Stalin sieht aus wie ein Weib.«

Waleria lachte. »Das ist Jelisaweta mit einem Schnurrbart. Andrej hat das Mädchen gemalt.«

Jelisawetas Mann bezahlte Mischa mit einem Kuchen und einer Eintrittskarte für das Bolschoi. Jelisaweta war eine Ballerina.

»Gib sie dem Jungen«, sagte Waleria.

Andrej saß im Parkett, Reihe 19, links außen.

Jelisaweta war der zweite kleine Schwan von rechts.

Dann zog Andrej, das Kind der Hoffnung, in den Krieg. Als er wieder zurück in Moskau war, äußerlich unversehrt, Soldat einer siegreichen Armee, erfuhr er, dass Jelisaweta wenige Monate zuvor an Typhus gestorben war.

1948 heiratete Andrej eine Lehrerin mit hellroten Haaren und etwas vorstehenden Zähnen.

1949 kam ihr Sohn zur Welt. Nicolaj.

Über seine Soldatenjahre sprach Andrej nie. Selten hörte man ihn lachen.

Nicolaj hatte das Talent seines Onkels geerbt. Mit achtzehn illustrierte er sein erstes Kinderbuch und zog von Moskau nach Petrograd, das jetzt Leningrad hieß. Er illustrierte viele weitere Kinderbücher und entwarf Plakate. Er hielt sich an die Vorgaben des Politbüros.

Manchmal, wenn er ein Bild aussortierte, weil es der Partei zu gewagt erscheinen könnte, erkannte er, dass etwas falsch war. Grundlegend falsch. Dann stellte er sich vor, dass er mit Hunderten, Tausenden auf die Straße gehen würde und sie gemeinsam rufen würden: Freiheit! Freiheit! Freiheit!

Aber die Menschen schienen nie das zu bekommen, was sie auf der Straße verlangten. Und so blieb Nicolajs Aufstand ein Tagtraum, der mit einer Zeichnung im Papierkorb landete.

Als sein Vater vor einem Jahr schwer erkrankte, fuhr Nicolaj zurück nach Moskau.

Fünf Tage saß er am Bett des Sterbenden.

Am ersten Tag schwieg der Vater, hielt die Hand seines Sohnes. Hielt sie fester, wann immer Nicolaj aufstehen wollte.

Am zweiten Tag begann der Vater zu reden. »Nicolaj«, sagte er. »Zwei Wunder habe ich erlebt. Die Liebe einer Frau. Und die Liebe eines Fremden.«

Am dritten Tag erzählte er von dem ersten Wunder. Von der Ballerina Jelisaweta. Sie hatten sich nach dem Abend im Bolschoi wiedergesehen, sich geküsst und geliebt. Viele Male. Die Ballerina hatte Andrej versprochen, ihren Mann zu verlassen. »Es war Liebe«, sagte Andrej.

Am vierten Tag erzählte er von Alfred Nagelstädt. 1943 geriet Andrej in Gefangenschaft. Arbeitseinsatz in Polen, dann in Deutschland. 1944 wagten er und ein Mithäftling die Flucht. Ein Mann, ein Deutscher, versteckte und versorgte sie. Verhalf ihnen zu falschen Papieren und Kleidung. »Auch das war Liebe. Eine andere Art Liebe.«

Am fünften Tag war Andrej, das Kind der Hoffnung, tot.

Die Wunder, die dem Vater zuteilgeworden waren, ließen Nicolaj mit Fragen zurück.

Er ging zu Waleria, um herauszufinden, was sie über
die Ballerina und den Deutschen wusste.

Die Alte sprang wild durch die Zeit. Auf die Episode
mit der Zuckerdose folgte die Geburt ihres Sohnes, auf
Andrejs Heimkehr aus Deutschland folgten fünf namenlose Männer.

Schließlich sagte sie: »Die Ballerina. Er kannte das
Mädchen doch gar nicht. Sie war hier. Saß da in der Ecke,
und Mischa hat sie gemalt. Und Andrej auch. Er sollte
Stalin malen. Stalin.« Sie lachte. »Der Junge hat sie tanzen sehen. Ein einziges Mal. Sie war ein Schwan. Schwä-
ne sterben, weißt du?«

Über den Deutschen wusste Waleria nichts zu berich-
ten. »Andrej hat nie über den Krieg gesprochen. Man
muss Soldaten lassen. Man muss sie lassen.«

Nicolaj sah Annegret an. »Von all dem ich bin ein winziger Teil.«

19

Löwen

Sie trug ihr Hochzeitskleid, das blassgelbe Seidenkleid. Ein weißes Angorajäckchen bedeckte ihre Arme. Das honigblonde Haar hatte sie mit einer silbernen Spange hochgesteckt. Um den Hals trug sie falsche Perlen, an ihrer rechten Hand den Ehering. Mehr Schmuck besaß sie nicht.

»Ich weiß nicht, wie lange die Vorstellung dauert, warte nicht auf mich«, hatte sie zu Bernd gesagt und ihm einen Kuss auf die Wange gegeben. Fast hätte sie ›Es tut mir leid‹ hinzugefügt. Es tat ihr leid, ihn zu belügen. Eigentlich lüge ich ja gar nicht, beruhigte sie ihr Gewissen. Er wusste, wo sie hinging.

Es war Nicolajs letzter Abend in Stuttgart, er hatte sie ins Ballett eingeladen. Seit dem Tod seines Vaters war er viele Male im Ballett gewesen. *Giselle*, *Esmeralda*, *Onegin*, *Schwanensee*, immer wieder *Schwanensee*.

»Vielleicht, am Anfang ich geschaut, weil ich wollten etwas teilen mit meine Vater. Aber jetzt es macht mich glücklich«, hatte er bei einem ihrer täglichen Treffen auf dem Friedhof erzählt.

»Ich war noch nie im Ballett«, hatte Annegret gesagt.

Sie stand vor einer der steinernen Säulen des Großen Hauses und betrachtete die prächtigen Kleider der Frauen, die glänzenden Schuhe der Herren. Ansteckende Schönheit. Einen Augenblick lang fühlte Annegret sich als eine von ihnen.

»Guten Abend«, sagte sie, als eine besonders elegante Frau in einem langen grünen Satinkleid an ihr vorbeiging. Die Fremde erwiderte den Gruß nicht.

Mit zwei Fingern strich Annegret über ihre Halskette, schwer wogen die falschen Perlen.

»Annegret.« Nicolaj stand vor ihr, verbeugte sich leicht. »Wunderschön Sie aussehen«, sagte er. »Wie eine Königskind.«

Sie saßen im Parkett, Reihe 5, Mitte. *Le Sacre du Printemps.* Musik von Igor Strawinski.

»Das Ballett beschreibt ein Frühlingsopfer im heidnischen Russland. Eine Jungfrau wird geopfert, um den Gott des Frühlings versöhnlich zu stimmen«, las Annegret aus dem Programmheft vor.

Das Licht erlosch. Annegrets Hände ruhten auf der blassgelben Seide. Es waren die Hände einer nicht mehr jungen Frau.

Der Vorhang hob sich. Das Orchester begann zu spielen.

»Und, Sie gefallen die Ballett?«, fragte Nicolaj nach der Vorstellung.

»Sehr«, sagte Annegret. »Man vergisst, wer man ist und wo man ist.«

Nicolaj nickte.

»Möchte Sie noch verbringen Zeit zusammen?«, fragte er. »Ich noch nicht wollen sagen Lebewohl.«

»Ich möchte auch noch nicht Lebewohl sagen.«

Sie fuhren in einem Taxi zu der Wohnung, die ihm Freunde aus Russland vermittelt hatten. Der Eigentümer war verreist und hatte Nicolaj sein Zuhause überlassen unter der Bedingung, dass er sich um die Katze kümmerte.

Ein großes, helles Zimmer im zweiten Stock. Deckenhohe Bücherregale säumten die Wände.

Eine fette Katze lag auf dem Bett und miaute.

»Diese ist Zora«, sagte Nicolaj. Er lachte. »Sie sehr faul sein. Immer liegen. Immer schlafen.«

»Ich hatte auch mal eine Katze«, sagte Annegret. »Eines Tages war sie weg. Bernd hat sie abgeschafft.«

»Was bedeuten ›abgeschafft‹?«, fragte Nicolaj.

Annegret zuckte mit den Schultern. »Ich weiß es nicht. Er hat sie weggebracht. Ich weiß nicht, wohin oder warum.«

»Sie nicht fragen?«

Annegret lächelte. »Das sind ganz schön viele Bücher.«

»Ja. Auch eine von mir gezeichnete Buch. Ich haben gebracht als Geschenk für diese Mann, der hier leben.«

Annegret nickte.

Nicolaj reichte ihr ein Buch in kyrillischer Schrift.

»Was heißt das?«, fragte sie.

»Liebe Kinder. Geschichten aus allen Welt«, sagte Nicolaj.

Annegret blätterte und betrachtete die Zeichnungen.

»Rotkäppchen?«

»Krasnaja Schapotschka.«

»Und das hier?«

»Die Löwenbraut«, sagte Nicolaj. »Ich gezeichnet die Moment, wenn Löwe und Mädchen noch leben.«

»Ich kenne die Geschichte nicht. Sie sterben am Ende?«

»Ja. Sie waren Freund ihr Lebes lang, aber dann das Mädchen soll heiraten eine junge Mann und verlassen die Löwe.«

»Und dann bringt er sie um?«

»Er ist eine Löwe. Was soll eine Löwe tun? Aber nicht glücklich, wenn er hat umgebracht die Mädchen.«

Und wie er vergossen das teure Blut,
Er legt sich zur Leiche mit finsterem Mut,
Er liegt so versunken in Trauer und Schmerz ...

»Und dann kommen die Bräutigam und schießen die Löwe.«

»Sie können wunderschön malen«, sagte Annegret und klappte das Buch zu.

Sie setzten sich nebeneinander auf das Bett. Die Katze miaute.

»Dürfen ich Sie geben eine Kuss, eine echte Kuss«, fragte Nicolaj.

»Ja«, sagte Annegret.

Sie küssten sich lange. Es war Annegret, die sich zuerst auszog. Es war Annegret, die sich auf Nicolaj legte. Sie sah ihre Hände auf seinem Körper. Es waren die Hände einer nicht mehr jungen Frau.

»Es ist Zeit, Lebewohl zu sagen.«

»Sie müssen gehen nach Hause?«, fragte Nicolaj.

»Ja. Es ... es war schön. Die ganze Zeit mit dir. Ich werde dich vermissen, Nicolaj.«

»Und ich Sie«, sagte er.

Annegret zog sich an, langsam, um den Abschied hinauszuzögern.

Sein Blick folgte jeder ihrer Bewegungen.

»Das ist mein Hochzeitskleid«, sagte sie. »Das ist lange her ... Es war kalt ...«

Nicolaj lächelte. »Möchten vielleicht noch etwas trinken, bevor gehen?«

»Wasser.«

Sie standen sich schweigend gegenüber. Er nackt. Sie in gelber Seide.

»Nicolaj, was bedeutet Malyschka?«, fragte Annegret.

»Malyschka? Es ist Kosewort. Meine Kleine.«

»Meine Kleine«, wiederholte sie und stellte ihr Glas auf den Nachttisch. »Jetzt muss ich wirklich gehen.«

Nicolaj brachte sie zur Tür. Sie umarmten sich.

»Lebewohl, Malyschka«, sagte er und strich ihr über das honigblonde Haar.

»Nicolaj?«

»Ja?«

»Hast du in Russland jemals einen Mann mit drei sandfarbenen Hunden gesehen, vor vielen, vielen Jahren, als du noch ein Kind warst?«

Er zögerte. »Drei sandfarben Hunde?«

»Ja, ein Mann mit drei sandfarbenen Hunden.«

»Ich ... Nein ... Ich denken ... Ich weiß nicht. Vielleicht.«

»Vielleicht?«

»Vielleicht. Aber ich nicht ...«

»Vielleicht ist gut.«

Für einen Moment sah sie Nicolaj als Kind. Er wirft Steine in einen Fluss. Einen russischen Fluss. Breit, das Wasser trüb. So stellte sich Annegret einen russischen Fluss vor. Ein Mann steht ein paar Meter weiter, drei sandfarbene Hunde an seiner Seite. Die Blicke der beiden treffen sich. Nicolaj und der grausame Beschützer. Sie lächeln einander an. Vielleicht, vielleicht ...

»Annegret? Annegret?« Nicolaj berührte sie sanft an der Schulter.

Der russische Fluss verschwand.

»Leb wohl, Nicolaj«, sagte sie und rannte die Treppen hinunter.

11. März 2013
Ein Kind stirbt fast

Etwas stimmt nicht«, sagte sie. »Ich habe Schmerzen.«
»Warte. Es ist zu laut hier. Ich gehe raus und rufe dich sofort zurück.«

Elisabeth starrte auf das Display. Vier Minuten später leuchtete es. MAXWELL.

»Tut mir leid«, sagte er. »Ganz schön viele Leute hier.«

»Ich habe Schmerzen, Maxwell.«

»Was für Schmerzen?«

»Es fühlt sich komisch an.«

»Komisch?«

»Es tut nicht richtig weh. Es fühlt sich ... Ich weiß auch nicht. Es fühlt sich komisch an.«

»Das ist bestimmt normal«, versuchte er sie zu beruhigen. »Soll ich nach Hause kommen?«

»Musst du nicht«, antwortete Elisabeth und hoffte, dass er kommen würde. In acht Minuten könnte er bei ihr sein.

»Ruf mich an, wenn es schlimmer wird«, sagte Maxwell.

»Mach ich.«

»Und happy birthday. Bis später.«

»Bis später.«

»Ich liebe dich«, sagte er.

»Ich dich auch.«

Auf dem Tisch im Wohnzimmer lagen die Geschenke. Ein silbernes Armband und ein neuer Laptop von Maxwell. Ein Paket von ihrer Mutter.

Elisabeth rollte sich auf dem Sofa zusammen und schloss die Augen. Die Hände schützend über den Bauch gefaltet, weinte sie.

»Die ersten drei Monate sind schlimm, danach wird es besser«, hatte Ruby gesagt. Ruby hatte fünf Kinder, sie musste es wissen.

Seit sechzehn Tagen waren die ersten drei Monate vorbei. Müdigkeit und Übelkeit hatten nachgelassen, auch die Panikattacken waren verschwunden. Seit letztem Mittwoch.

Noch am Dienstag hatte Elisabeth auf dem Bett gelegen. »Ich will nicht. Ich will nicht. Ich will nicht«, hatte sie gesagt. Wie ein Mantra, immer wieder diesen einen Satz: »Ich will nicht.« Kein Mensch hatte sie gehört, kein Gott hatte sie erhört. »Ich will nicht.«

Und dann am Mittwoch war es geschehen. Der Gedanke, ein Kind zu bekommen, hatte über Nacht seinen Schrecken verloren. Sie war bereit. Mehr noch, sie freute sich.

Elisabeth richtete sich auf und griff nach dem Telefon. Sie könnte Ruby anrufen. Oder Jayden. Oder Annegret, ihre Mutter. Wie spät war es jetzt in Stuttgart? Sie könnte auch ganz einfach Maxwell anrufen und sagen: Komm nach Hause. Etwas stimmt nicht.

Doch sie legte das Telefon beiseite. Sie ging auf und ab. Bewegung. Schritte zählen. Damit das Warten sich weniger wie Warten anfühlte.

Seit über einem Jahr waren Maxwell und Elisabeth ein Paar. Zusammen waren sie nach Myrthel Spring gezogen.

Elisabeth mochte Myrthel Spring, zu Hause fühlte sie sich dort nicht. Aber sie hatte sich weder in Los Angeles noch in New York zu Hause gefühlt, und eigentlich auch nicht in Stuttgart.

Zuhause – das waren ein Tanzsaal, eine Bühne, ihr schwitzender Körper gewesen.

Nach der Ausbildung an der John-Cranko-Schule bekam sie ihr erstes Engagement an der Stuttgarter Oper. Zwei Jahre tanzte sie im Corps de Ballet.

Mit 24 ging sie zum New York City Ballet. Zwei Spielzeiten später war sie Solistin. Eine Primaballerina wurde sie nie.

Vor drei Jahren besiegelte das rechte Knie das Ende ihrer Karriere. Sie war 33 Jahre alt. Sie hatte mit Schmerzen getanzt, gekämpft, gehofft, noch ein paar Jahre weitermachen zu können. Aber nach der dritten Operation sagte das Knie: Ich will nicht mehr. Und dann kam das Danach.

Jayden hatte sie nach Los Angeles geholt. Jayden Kishinos Firma half Prominenten – Schauspielern, Sängern, Reality-Stars, deren Stern bereits gesunken war –, aus ihrem Namen Kapital zu schlagen. Seit eine weiße Rapperin, die zuletzt nur Flops produziert hatte, dank Jayden Besitzerin eines florierenden Nachtclubs in Las Vegas geworden war, galt Jayden als Erfolgsgarant. Jayden Kishino, Lifestyle-Coach, Berater. Ein bisschen verachtete er seine Klienten und ein bisschen auch sich selbst.

»Du wirst meine Assistentin, meine rechte Hand. Das gibt dir Zeit herauszufinden, was du mit dem Rest deines Lebens machen willst«, hatte er zu Elisabeth gesagt.

»Ich bin nicht gut mit Menschen, das weißt du«, hatte sie gesagt.

»Aber du bist gut für mich«, hatte er geantwortet.

Jayden war mit einem Tänzer der New Yorker Company zusammen gewesen, so hatte Elisabeth ihn vor vielen Jahren kennengelernt. Sie waren Freunde geworden.

Elisabeth hatte eine Woche lang über sein Angebot nachgedacht. Sie könnte zurück nach Stuttgart gehen, aber was sollte sie dort tun? Sie könnte in New York bleiben und was dann? Also Los Angeles.

Das Wohnzimmer schien zu schrumpfen. Elisabeth ging hinaus. Der Himmel war rosa, bald würde die Sonne untergehen.

Sie suchte nach einem beruhigenden Gedanken. Sie wollte vergessen, dass sie wartete, wollte vergessen, dass etwas nicht stimmte.

Um kurz nach acht war es dunkel und kalt, die Temperatur sank in den Nächten weit unter null.

Zitternd betrat sie das Haus, drehte die Heizung auf. Warf einen Blick auf das Telefon. Kein Anruf in Abwesenheit.

Sie nahm das Paket ihrer Mutter, öffnete es. Ein Brief.

Mein liebes Kind,

ich wünsche Dir alles Gute zum Geburtstag. Ich vermisse Dich und denke immer an Dich.

Ich hoffe, dass Dir der Schal gefällt.
Aus dem Buch habe ich Dir oft vorgelesen, als Du
noch klein warst. Jetzt wirst Du selbst bald ein Kind
bekommen. Ich liebe Dich über alles.

Deine Mama

Ein roter Seidenschal und *Fabeln aus aller Welt.* Elisabeth roch an dem Schal, er roch nach ihrer Mutter.
Sie schlug das Buch auf.

Die Löwenbraut von Adelbert von Chamisso

Mit der Myrte geschmückt und dem Brautgeschmeid,
Des Wärters Tochter, die rosige Maid,
Tritt ein in den Zwinger des Löwen; er liegt
Der Herrin zu Füßen, vor der er sich schmiegt.

Der Gewaltige, wild und unbändig zuvor,
Schaut fromm und verständig zur Herrin empor;
Die Jungfrau, zart und wonnereich,
Liebstreichelt ihn sanft und weinet zugleich:

»Wir waren in Tagen, die nicht mehr sind,
Gar treue Gespielen wie Kind und Kind,
Und hatten uns lieb und hatten uns gern;
Die Tage der Kindheit, sie liegen uns fern.

Du schüttelst machtvoll, eh' wir's geglaubt,
Dein mähnenumwogtes, königlich Haupt;

Ich wuchs heran, du siehst es, ich bin
Das Kind nicht mehr mit kindischem Sinn.

O wär' ich das Kind noch und bliebe bei dir,
Mein starkes, getreues, mein redliches Tier!
Ich aber muss folgen, sie taten mir's an,
Hinaus in die Fremde dem fremden Mann.

Es fiel ihm ein, dass schön ich sei,
Ich wurde gefreiet, es ist nun vorbei; –
Der Kranz im Haare, mein guter Gesell,
Und nicht vor Tränen die Blicke mehr hell.

Verstehst du mich ganz? Schaust grimmig dazu,
Ich bin ja gefasst, sei ruhig auch du;
Dort seh' ich ihn kommen, dem folgen ich muss,
So geb' ich denn, Freund, dir den letzten Kuss!«

Und wie ihn die Lippe des Mädchens berührt,
Da hat man den Zwinger erzittern gespürt;
Und wie er am Gitter den Jüngling erschaut,
Erfasst Entsetzen die bangende Braut.

Er stellt an die Tür sich des Zwingers zur Wacht,
Er schwinget den Schweif, er brüllet mit Macht;
Sie flehend, gebietend und drohend begehrt
Hinaus; er im Zorn den Ausgang wehrt.

Und draußen erhebt sich verworren Geschrei,
Der Jüngling ruft: »Bringt Waffen herbei;

Ich schieß' ihn nieder, ich treff' ihn gut!«
Auf brüllt der Gereizte, schäumend vor Wut.

Die Unselige wagt's, sich der Türe zu nah'n,
Da fällt er verwandelt die Herrin an;
Die schöne Gestalt, ein grässlicher Raub,
Liegt blutig, zerrissen, entstellt in dem Staub.

Und wie er vergossen das teure Blut,
Er legt sich zur Leiche mit finsterem Mut,
Er liegt so versunken in Trauer und Schmerz,
Bis tödlich die Kugel ihn trifft in das Herz.

Elisabeth erinnerte sich, dass sie ihre Mutter gefragt hatte:
»Warum bringt der Löwe das Mädchen um? Sie sind doch
Freunde.«

»Er ist ein Löwe«, hatte Annegret geantwortet. »Was
soll ein Löwe tun?«

Elisabeth klappte das Buch zu.

Sie hatte keine Schmerzen mehr.

DRITTER TEIL

20

Cowboys

Charlotte hatte sieben neue Heizpilze bestellt. Sie waren immer noch nicht da. Die alten waren weiß, die neuen würden beige sein. Beige war vornehmer. Die neuen beigen Terrassenmöbel waren vorgestern geliefert und gegen die alten weißen ausgetauscht worden. Jetzt würden ihre Gäste auf beigen Sesseln zwischen weißen Heizpilzen sitzen müssen.

Charlotte ging auf und ab, vor ihr der Pazifik. Nur Bewohner der Anlage hatten Zutritt zum Strand. Charlottes Haus, neun Zimmer, drei Bäder, ein Swimmingpool, stand in der vordersten Reihe. Es war Vormittag und der Strand menschenleer. Charlotte vergaß für einen Moment das Beige-Weiß-Problem. Das Meer, der Sand, der Horizont schienen allein ihr zu gehören.

Sie setzte sich auf einen der neuen Sessel und lächelte. Beige war so viel vornehmer. Eine gute Entscheidung. Sie zündete sich eine Zigarette an und betrachtete ihre Hände. Fruchtsäurepeelings und Laserbehandlungen hatten den Alterungsprozess zwar verlangsamen, aber nicht aufhalten können. Um die bräunlichen Flecken, die hervortretenden Adern zu kaschieren, schmückte Charlotte ihre Finger mit Ringen. Smaragde, Diamanten. Jeder neue Stein ließ Charlottes Herz für einen Augenblick schneller schlagen. Alles Neue verschaffte ihr ein Hochgefühl. Noch immer wollte sie nur eins: Das Herz sollte schnell schlagen.

»Braxton!«, rief sie, »Braxton! Ich bin auf der Terrasse. Braxton, ich brauche Sie!«

Braxton war ihr Butler. Aufgewachsen in England und wie Charlotte vor langer Zeit auf einem Schiff nach Amerika gekommen. Er war ein paar Jahre älter als Charlotte, sein schütteres Haar grau und das Gesicht faltig. Man konnte sich nicht vorstellen, dass er jemals jung gewesen war.

Er bewohnte eines der neun Zimmer in Charlottes Haus.

Braxtons Aufgabe war es, den Haushalt zu organisieren. Reinigungsfrauen, Köche, Handwerker, Gärtner anzustellen und gegebenenfalls zu feuern. Er selbst verrichtete keine körperlichen Arbeiten. Seine Hände waren zu zittrig, um Kaffee zu servieren, sein Schritt zu langsam, um die Tür zu öffnen.

Ohne sein Hörgerät war die Welt still. Er mochte die Stille. Oft dachte er, es sei an der Zeit, das Hörgerät für immer abzuschalten, aber so verlockend die Melodie der Stille auch war, ein Leben ohne Arbeit und Pflichten war undenkbar für Braxton.

Mit gebeugtem Rücken betrat er die Terrasse. Er trug einen dunkelblauen dreiteiligen Anzug, eine graue Krawatte, ein weißes Hemd, seine Uniform. Alles war maßgeschneidert, und doch schien nichts zu sitzen.

»Die Heizpilze sind nicht da«, sagte Charlotte.

Braxton nickte.

»Wir erwarten Gäste.«

Wieder nickte er. Der Abend war schon lange geplant. Die Köchin und ihre Gehilfinnen hantierten seit dem frühen Morgen in der Küche.

»Sieht es sehr schrecklich aus?«, fragte Charlotte.

»Wie bitte?«, fragte Braxton.

»Neue Möbel: beige«, sagte sie und deutete auf die Sessel. »Alte Heizpilze: weiß.« Ihren deutschen Akzent hatte sie nicht verloren.

»Es wird niemandem auffallen«, sagte Braxton.

»Gut, wenn Sie meinen.« Charlotte drückte die Zigarette aus. »Vielleicht«, sagte sie, »ist Beige doch nicht das Richtige. Was halten Sie von Apricot. Vielleicht sollte ich apricotfarbene Möbel und Heizpilze bestellen. Vielleicht sollte alles apricot sein oder ...«

»Beige«, sagte Braxton, »beige ist ausgezeichnet. Beige ist ...« Er suchte nach einem Wort, das die Hausherrin überzeugen würde.

»Vornehm?«, fragte sie ängstlich.

»Sehr vornehm«, bestätigte er.

Sein Agent Carson hatte gesagt, es werde weitergehen, es werde eine Zukunft nach *Cowboy Jill* geben. Aber die letzten drei Jahre waren vergangen, und nichts hatte sich getan. Carson sagte, er müsse nur Geduld haben, irgendwann werde man ihn wiederentdecken.

Sein Finanzberater Olsen hatte gesagt, dass es so nicht weitergehe, seine Kosten zu hoch seien.

»Verkauf das Haus in Laguna Beach«, hatte Olsen ihm geraten.

»Und was ist mit meiner Mutter?«, hatte Maxwell gefragt. »Soll ich sie auf die Straße setzen?«

»Deine Mutter kann in einem kleineren Haus wohnen. Sie muss sich endlich der Situation anpassen.«

Olsen hatte ihm vorgerechnet, wie viel Geld Charlotte monatlich aus dem Fenster warf. »Ein Butler? Ich bitte dich, Maxwell. Weiß sie nicht, dass Cowboy Jill tot ist?«

Maxwell Foreman war 25 Jahre alt gewesen, als er Titelheld der Serie *Cowboy Jill* wurde.

Jill, der Anfang des 20. Jahrhunderts um die Existenz der Ranch seines verstorbenen Großvaters kämpft. Ein echter Mann, der sein Herz auf der Zunge trägt. Viehdiebe, Männerfreundschaften, Indianer, ein korrupter Sheriff und die Liebe bildeten die Eckpfeiler seiner Welt.

Jill blieb immer derselbe, während Maxwell älter wurde. Die Drehbücher sahen keine Entwicklung für den Cowboy vor.

Mehrmals hatte man die Serie wegen schlechter Quoten einstellen wollen. Aber Lee, der Programmchef, dessen Karriere 1992 mit *Cowboy Jill* begonnen hatte, setzte sich durch. »*Cowboy Jill* ist mein Glücksbringer«, pflegte er zu sagen. »*Cowboy Jill* bleibt.«

Und so ritt Jill siebzehn Jahre lang wöchentlich in den Sonnenuntergang. Bis Lee starb.

Die erste Amtshandlung des neuen Programmchefs war die Absetzung der Serie. Und um sicherzugehen, dass Cowboy Jill nie wieder zurückkommen würde, endete die letzte Folge mit seiner Beerdigung.

Ein Großbrand. 27 Schüsse. Die Ranch in Schutt und Asche. Der Cowboy unter der Erde.

Maxwell war kein guter Schauspieler.

Nachdem Charlotte und Maxwell Texas und Onkel Terry verlassen hatten und nach Los Angeles gezogen waren, hatte ihn seine Mutter von Casting zu Casting gezerrt. Die Nichte einer Nachbarin, ein rothaariges Mädchen mit Sommersprossen, hatte mit Werbespots für einen Softdrink viel Geld verdient.

Maxwell hatte die Vorsprechen gehasst und Texas vermisst.

Auch als Maxwell erwachsen war und als Hotelportier arbeitete, gab Charlotte nicht auf.

Während er Doppelschichten schob, um die Zweizimmerwohnung in East Los Angeles zu finanzieren, in der Mutter und Sohn lebten, organisierte Charlotte Vorsprechen für ihn.

An seinen wenigen freien Tagen saß Maxwell mit Dutzenden Träumern in einem Raum und wartete darauf, dass sein Name aufgerufen wurde.

Ein kurzes Interview:

»Erfahrungen?«

»Nein.«

Skeptischer Blick. »Interessant.«

Eine Seite aus einem Manuskript.

»Nehmen Sie sich ein paar Minuten Zeit.«

Selbst kurze Sätze konnte er sich nicht merken.

»Sind Sie so weit?«

»Ja.«

»Und nicht vergessen, Bill ist verzweifelt. Sein kleiner Bruder ist gerade gestorben.«

Verzweifelt versuchte Maxwell, verzweifelt zu sein,

dieser Bill zu sein. Vergebens. Steif stand er da, die be-
druckte Seite in der Hand. Seine Finger zitterten. Selbst
ein Hallo klang wie eine Lüge.

Räume und Rollen variierten, nie traf Maxwell den
richtigen Ton.

»Danke, wir melden uns.«

Maxwell wusste, dass sie sich nicht melden würden.

Kurz vor seinem fünfundzwanzigsten Geburtstag saß
er wieder in einem Raum voller Träumer. Doch diesmal
war alles anders.

Das Interview dauerte fast dreißig Minuten. Maxwell
erzählte von Texas, von Onkel Terry, der ihm das Reiten
beigebracht hatte.

Die Casterin war fasziniert. »Und Sie haben nur ein
Jahr in Texas gelebt? Es klingt wie ein ganzes Leben.«

Eine Seite aus dem Manuskript.

»Nehmen Sie sich Zeit.«

Er las, legte das Blatt beiseite.

»Ich bin so weit.«

»Dann bitte.«

Maxwell saß an einem imaginären Lagerfeuer und
sprach zu einer Gruppe imaginärer Cowboys. Aber er
spürte die Wärme der Flammen, sah die Männer, roch
den Tabak, hörte die Hunde hecheln.

»Das ist mein Land. Das Land meines Großvaters. Das
ist mein Leben. Dieses Land ist mein Leben.« Maxwell
ballte die Hand zur Faust. »Ich lass mich nicht ein-
schüchtern. Schon gar nicht von diesem kleinen Scheißer
von Sheriff. Vielleicht habt ihr Angst vor diesem gottver-
dammten Pisser. Ich nicht. Lass ihn kommen. Lass ihn

nur kommen. Was du hier draußen vergräbst, das taucht nie wieder auf.«

»Wir melden uns«, sagte die Casterin.

Schon am nächsten Tag kam der Anruf.

Noch vier Mal musste Maxwell verschiedenen Leuten vorspielen. Produzenten, Regisseuren und Lee.

»Das ist er«, sagte Lee. »Das ist mein Jill.«

Nach Jills Tod hatte Maxwell für verschiedene Kino- und Fernsehrollen vorgesprochen. Er war ein perfekter Jill gewesen, ein guter Schauspieler war er immer noch nicht. Nach kurzer Zeit wusste ganz Hollywood darüber Bescheid – Einladungen zu Castings blieben aus.

Maxwell wartete. Aus Wochen wurden Monate, aus Monaten Jahre. Jahre, in denen er nichts anderes tat, als zu trinken, Jack Daniel's, damit das Warten sich weniger wie Warten anfühlte. Nach fünf doppelten Whiskeys glaubte auch er an sein baldiges Comeback. Nach sieben vergaß er, dass seine Mutter ihn finanziell ruinierte. Nach dem achten war er wieder Cowboy Jill. Und nach dem zehnten fuhr er nach Hause und legte sich in seinem Hollywood-Apartment schlafen.

Bis Olson ihn schließlich aus seinen Whiskey-Träumen riss.

»Maxwell, ich spreche zu dir als dein Freund und Finanzberater. Es geht wirklich nicht mehr. Ich kann nicht einfach zusehen, wie du alles verlierst. In maximal zwei Jahren wirst du nichts mehr haben. Nichts. Verstehst du?«

»Ach komm, Olson, wird sich schon bald was auftun. Die Leute haben Cowboy Jill geliebt. Ich meine, siebzehn Jahre. Ich ...«

»Du bist betrunken.«

»Was soll ich denn machen? Wieder als Portier arbeiten?«

»Ich habe mit ein paar Leuten gesprochen. Kennst du Jayden Kishino?«

Maxwell schüttelte den Kopf.

»Er hat diese weiße Rapperin reich gemacht. Der Club in Las Vegas. Und Henson, du weißt schon, der aus der Gefängnis-Serie, die vor Ewigkeiten abgesetzt wurde. Stotter-Henson. Ihm gehört jetzt eine Restaurantkette, italienische Küche, Ableger in Europa und China. Cara Poller, *Die Pferdeärztin*, totaler Flop, nach fünf Folgen war Schluss und Cara weg von der Bildfläche. Vier Jahre später geht ihr Modeunternehmen an die Börse, und Cara's House of Poller eröffnet die New York Fashion Week. Und überall hat Jayden seine Finger im Spiel gehabt. Ich könnte dir noch mehr Beispiele nennen. Jayden ist gut. Der Beste. Für ... wie soll man es nennen ... Zweitkarrieren. Triff dich mit ihm.«

»Lass dir Zeit«, rief Jayden. Er saß in Elisabeths Wohnzimmer in Silver Lake. Es sah noch immer so aus, als wäre sie gerade erst eingezogen. Vor den leeren Bücherregalen stapelten sich Kartons. Abgesehen von den Regalen bestand das Mobiliar aus einem verschlissenen Sofa und einem Schaukelstuhl, alles vom Vormieter übernommen.

Im Schlafzimmer lag eine Matratze auf dem Boden. In der Küche suchte man vergeblich nach Gabeln, Messern oder Töpfen. Das Kücheninventar: zwei Löffel, eine Pfanne, drei Teller, fünf Tassen. Nur die halbvollen

Aschenbecher bezeugten, dass Elisabeth tatsächlich hier lebte.

Mit Gewalt zwängte sie sich in die schwarze Lederhose. Die Hose war eng, zu eng. Sie drückte an Beinen und Bauch. Elisabeth würde diesen weichen Körper dafür bestrafen, dass er ihr nicht mehr gehorchte.

»Hübsch siehst du aus«, sagte Jayden, als sie aus dem Schlafzimmer kam. Eine dunkelblaue kurzärmlige Bluse, schwarze Sandalen, eine taubengraue Seidenjacke. Die braunen langen Haare trug sie offen.

»Wann willst du endlich richtig einziehen?«, fragte er.

Elisabeth zuckte mit den Schultern. »Wenn ich mehr weiß«, sagte sie.

»Was musst du wissen, um einen Tisch und vielleicht ein neues Sofa zu kaufen?«

»Ob ich hier bleibe …«

»Selbst wenn du nicht hierbleibst, solange du hier bist, solltest du einen Tisch haben.« Er lachte. »Und einen Topf.«

»Du hast recht«, sagte sie. »Bist du fertig?«

Als Elisabeth auf dem Beifahrersitz des schwarzen Wranglers Platz nahm, bekam sie kaum Luft. So eng war die Hose. Vor nicht mal einem Jahr war sie noch zu groß gewesen.

»Du wirst ihn mögen«, sagte Jayden.

»Wen?«

»Cowboy Jill. Maxwell Foreman. Er ist wirklich ein netter Kerl. Ein beschissener Schauspieler, aber ein netter Kerl. Ich hoffe, dass er Erfolg haben wird. Dieses Myrthel Spring ist ein winziges Nest. Nicht mal 2000 Einwohner.

Aber seit Glenn Winstons Roman *Myrthel Spring* es auf die Bestsellerliste geschafft hat, ist es eine Art Mekka für Künstler oder eher Möchtegernkünstler, die ihren Selbstfindungstrip mit Daddys Kreditkarte bezahlen.«

»Hast du *Myrthel Spring* gelesen?«, fragte Elisabeth.

Er schüttelte den Kopf. »Nur ein paar Besprechungen. Geht wohl um einen Haufen kaputter Existenzen, die nach Myrthel Spring pilgern, um dort Erlösung zu finden.«

»Warum Myrthel Spring?«

»Keine Ahnung. Wie gesagt, ich habe es nicht gelesen.«

»Glenn Winston lebt in Myrthel Spring, nicht wahr?«

»Ja. Ich hoffe, dass er zur Eröffnung kommt. Das wäre gute Publicity. Zum ersten Mal bin ich mir nicht sicher, ob etwas funktionieren wird oder nicht. Ich habe Maxwell geraten, Los Angeles als Standort zu wählen und dann später in Myrthel Spring einen zweiten Saloon zu eröffnen. Aber er will nicht. Er will nach Myrthel Spring. Er hat als Kind eine Zeit lang auf einer Ranch in der Nähe gelebt. Er sagt, dass er sich dort immer zu Hause gefühlt hat.«

Elisabeth zündete sich eine Zigarette an.

»Und was passiert heute Abend?«

»Wir feiern. Maxwells Mutter hat auf heute Abend bestanden. Sie ... sie soll ein wenig seltsam sein. Anscheinend mag sie Partys. Sie ist aus Deutschland wie du. Ihr seid doch alle seltsam.«

21

Don Quichotte

Dank der Heizpilze war es warm auf der Terrasse. Eine junge Frau mit einem Häubchen auf dem Kopf reichte Martinis.

Jayden bedachte Aussicht, Haus, Hausherrin und Drinks mit Komplimenten, während Elisabeth bereute, sich in die Lederhose gezwängt zu haben. Ihre Gedanken gefangen in der eigenen Unvollkommenheit.

»Mrs. Foreman ...«, sagte Jayden.

»Bitte, Jayden, nennen Sie mich Charlotte, sonst fühle ich mich steinalt.« Sie lächelte. Um den fliederfarben geschminkten Mund tiefe Falten, die Stirn glatt. Botox. Etwas zu viel. Gleiches galt für den Lidschatten und das Rouge auf ihren Wangen.

»Charlotte«, sagte Jayden, »habe ich Ihnen erzählt, dass Elisabeth auch aus Deutschland kommt?«

Als Elisabeth ihren Namen hörte, blickte sie auf.

»Deutschland, das ist eine Ewigkeit her. Langweilig«, sagte Charlotte.

»Sie war eine Ballerina, deshalb ist sie nach ...«

»Wer war eine Ballerina?«, fragte Charlotte, bevor Jayden seinen Satz beenden konnte.

»Ich«, sagte Elisabeth.

Es war still, nur das Rauschen der Wellen war zu hören.

»Eine Ballerina habe ich mir immer anders vorgestellt«, sagte Charlotte schließlich, ihre Augen auf das schwarze Leder gerichtet.

»Ich bin auch keine mehr«, entgegnete Elisabeth.

Und dann war es wieder still.

»Werden Sie mit Ihrem Sohn nach Myrthel Spring ziehen?«, fragte Jayden, um Elisabeth vor weiteren Spitzen zu schützen.

»Oh nein«, sagte Charlotte. »Es ist unerträglich langweilig dort. Ich verstehe Maxwell nicht. Ich verstehe ihn wirklich nicht.«

»Er hat mir erzählt, dass Sie beide eine Weile ganz in der Nähe auf einer Ranch gelebt haben.«

»Notgedrungen. Es war eine schwierige Zeit. Ich war alleine mit Maxwell. Aber freiwillig dorthin zurück?« Sie schüttelte den Kopf. »Ich habe für Kühe nicht viel übrig. Gibt es etwas Langweiligeres als eine Kuh?«

Jayden lachte. »Ein paar Menschen leben ja auch dort …«

»Ja, aber sie ähneln den Kühen. Langweilig. Und dann sagen sie: Es sind Rinder, keine Kühe. Ist doch alles sehr gleich. Kühe. Rinder. Schrecklich langweilig.«

»Entschuldigung«, sagte Elisabeth. »Ich müsste mal auf die Toilette. Wo …«

»Braxton zeigt sie Ihnen«, sagte Charlotte, und dann rief sie so laut, dass Elisabeth und Jayden zusammenzuckten: »Braxton, Braxton! Ich brauche Sie, Braxton!«

Eine Minute später tauchte der Butler auf.

»Sie wünschen?«

»Führen Sie die junge Dame bitte zur Toilette.«

Der alte Mann verbeugte sich.

Die Hausherrin und der Butler wirkten wie die Notbesetzung eines schlechten Theaterstücks.

Elisabeth stand auf und folgte Braxton. Seine auf dem Rücken verschränkten Hände zitterten stark. Elisabeth hätte sie gerne berührt.

»Sie sieht wirklich nicht aus wie eine Ballerina«, sagte Charlotte, als die beiden im Haus verschwunden waren.

»Sie war gut«, sagte Jayden. »Sie war wunderbar. Ich habe sie das erste Mal in *Don Quichotte* gesehen. Mein damaliger Freund hat Basil, den männlichen Hauptpart, getanzt, und Elisabeth war eins der Mädchen. Sie hatte ein kleines Solo ...«

»Trotzdem habe ich mir eine Ballerina immer anders vorgestellt. Graziöser«, unterbrach Charlotte ihn.

Elisabeth öffnete die Lederhose und atmete durch. Die Knöpfe hatten tiefe Abdrücke auf ihrem Bauch hinterlassen. Rot, fast violett.

Noch heute würde sie alle Kleidungsstücke wegwerfen, die ihr nicht mehr passten. Sie würde sich einen Tisch kaufen und vielleicht ein Haustier. Sie würde sich mit Männern treffen und ein Bettgestell anschaffen.

Manchmal träumte Elisabeth, dass sie wieder auf der Bühne stand. Sie hatte immer eine genaue Vorstellung davon gehabt, wie sie tanzen wollte. Jeden Sprung, jeden Schritt hatte sie vor sich gesehen. Aber nur ein einziges Mal hatte sie die Vorstellung in die Wirklichkeit übertragen können. 2003. Premiere von *Don Quichotte*. 3. Akt. Das Gefühl absoluter Freiheit. Vollkommenheit.

Nie wieder sollte sie diese Perfektion erreichen, auch in ihren Träumen nicht. Die Sehnsucht nach diesem Gefühl war geblieben. Ließ sie im Morgengrauen schweißnass aufwachen.

»Ein Bettgestell. Ein Tisch. Ein Topf. Und weg mit der verdammten Hose«, flüsterte sie ihrem Spiegelbild zu und ließ den obersten Knopf der Lederhose offen.

Braxton stand vor der Tür. Die Augen halb geschlossen, sah er aus, als ob er im Stehen schlafen und jeden Moment einfach umkippen würde.

»Sie hätten nicht auf mich warten müssen.«

»Folgen Sie mir bitte«, sagte Braxton nüchtern. »Die anderen Gäste sind soeben eingetroffen.«

Die Sonne war untergegangen. Sanftes Laternenlicht erhellte die Terrasse. Vier weitere Personen tranken Martinis. Gelächter und Stimmengewirr ebbten ab, als Elisabeth die Terrasse betrat.

Sie wollte sich hinter dem Butler verstecken. Sie mochte es nicht, angestarrt zu werden.

Zwei Männer, zwei Frauen. Die Frauen sahen aus wie Zwillinge. Dunkelblonde lange Haare, sehr weiße Zähne, sehr schlanke Beine in Wildlederstiefelchen mit sehr hohen Absätzen. Sie verströmten eine spezifische Frische, zusammengesetzt aus Rohkost, Ingwer und Hyaluronsäure.

Kimberly und Madison. Nicht miteinander verwandt.

Sie reichten Elisabeth ihre perfekt manikürten Hände und sagten mit hohen Stimmen, wie sehr sie sich freuten, sie kennenzulernen.

Warum?, hätte Elisabeth gerne gefragt, stattdessen sagte sie ebenfalls ein paar Nettigkeiten und lächelte, bis ihre Mundwinkel schmerzten.

Dann stellte sich Olson vor und schließlich Maxwell.

Er trug dunkle Jeans, Cowboystiefel, Cowboyhut, Hemd und Weste. Jills Uniform. Er nahm den Hut ab, als er Elisabeth begrüßte. Braune Haare, dazwischen viel Grau.

Charlotte bat zu Tisch.

Zu Elisabeths Rechten saß Jayden, zu ihrer Linken Maxwell. Drei junge Frauen mit Häubchen auf dem Kopf servierten die Vorspeise.

Charlotte stand auf und hob ihr Glas: »Ich möchte auf Maxwells Zukunft trinken. Auf seinen Erfolg. Auf …«

Bevor sie ihren Toast beenden konnte, stand Olsen auf. »Möge Geld in die leere Kasse fließen, damit dieses schöne Haus erhalten bleibt, liebe Charlotte, und danke für das wunderbare Fest. Hat sicher ein Vermögen gekostet.«

Maxwell warf Olsen einen finsteren Blick zu.

»Auf dich, Maxwell. Auf dich, Charlotte.«

Kimberly und Madison sagten »Yeah!« und »Auf Maxwell!« und »Auf Charlotte!« und dann wieder »Yeah!«

Während sie aßen, wandte Maxwell sich an Elisabeth.

»Meine Mutter hat erzählt, du warst Ballerina?«

Elisabeth leerte ihr Glas in einem Zug.

»Hat sie dir auch erzählt, dass sie sich eine Ballerina immer anders vorgestellt hat?«

Maxwell sah sie verwirrt an.

»Ach nichts«, sagte Elisabeth. »Ja, ich war Ballerina. Ich … Mein Knie. Ich musste aufhören.«

»War es schwer?«, fragte Maxwell.

Elisabeth nickte.

»Verstehe«, sagte er. »Man glaubt, man hat es gefunden, vielleicht nicht den Sinn des Lebens, aber eine Aufgabe, das ... das Richtige. Man ist gut, und dann sagt jemand: Jetzt ist Schluss. Das Knie oder ein Produzent.« Er lachte.

Elisabeth nickte.

»Und plötzlich hat man sehr viel Zeit zum Nachdenken ...«, sagte sie.

»Und die Gedanken drehen sich im Kreis«, sagte er.

»Immer im Kreis«, sagte sie.

»Und jetzt arbeitest du für Jayden?«

»Ja. Bis ich weiß, was ich mit dem Rest meines Lebens machen will.«

Es war einfach, sich mit Maxwell zu unterhalten. Er erzählte von seiner Zeit als Cowboy Jill, von Myrthel Spring, und dann fragte er, ob sie Jayden zur Eröffnung des Saloons begleiten würde.

»Ja«, sagte Elisabeth. Und dieses Ja kam aus ihrem tiefsten Inneren. Es war das erste Mal seit dem Ende ihrer Tanzkarriere, dass sie etwas wollte, wirklich, wirklich wollte. Sie fühlte sich von Maxwell verstanden.

»Wunderbar«, sagte er. »Es wird dir gefallen. Es ist ... es ist mein Zuhause.«

»Wie lange hast du dort gelebt?«, fragte Elisabeth.

»Ein Jahr. Aber es war der Ort, an dem ich ... Ich gehöre dorthin. Trotz allem.«

Nach dem Essen kamen weitere Gäste. Die Tafel wurde aufgehoben. Man stand in Grüppchen beieinander.

Madison und Kimberly planschten in bronzefarbenen Bikinis in Charlottes beheiztem Swimmingpool.

»Olson, komm doch auch rein! Sei kein Feigling! Maxwell, komm schon! Lola, Liebes, spring! Dana, komm! Yeah!«

Elisabeth lehnte rauchend am Geländer und sah hinaus aufs Meer. Maxwell stellte sich neben sie. Drehte sich eine Zigarette.

»Ich bin auf einem Schiff gekommen, als ich von Deutschland nach New York gezogen bin. Auf der Queen Elizabeth 2. Flugangst«, sagte Elisabeth, ohne ihn anzusehen.

»Meine Mutter ist auch aus Deutschland«, sagte er.

»Hat Jayden erzählt. Hat sie dir Deutsch beigebracht?«

»Nein«, sagte er.

»Ich war nicht ein einziges Mal dort, seit ich in Amerika lebe. Kam immer was dazwischen«, sagte Elisabeth.

»Hast du Familie in Deutschland?«

»Ja, meine Mutter.«

»Hat sie dich hier besucht?«

Elisabeth schüttelte den Kopf. »Kam immer was dazwischen. Jetzt ist sie fast 80. Mein Vater ist gestorben, kurz bevor ich fortgegangen bin.«

Elisabeth dachte an ihre Eltern. Sie hatte ihrer Mutter immer nähergestanden, aber ihren Vater genauso sehr geliebt. Er war auf eigentümliche Art distanziert gewesen, als ob er Angst gehabt hätte, etwas falsch zu machen. Er war kein herzlicher Mensch gewesen. Selten hatte er seine Tochter in den Arm genommen. Aber Elisabeth erinnerte sich an einen lange vergangenen Nachmittag.

Sie war mit ihrem Vater alleine zu Hause. Sie saß am Küchentisch und las ein Buch. Als sie aufblickte, sah sie, dass er sie betrachtete. Er lächelte, liebevoll, gütig.

»Ich vermisse sie. Beide«, sagte Elisabeth.

»Willst du zurück?«, fragte er.

»Nein. Ich gehöre dort nicht mehr hin.«

Ein schrilles »Yeah!« vom Pool.

»Nach Los Angeles allerdings auch nicht«, sagte Elisabeth und lachte.

»Willst du runter zum Strand?«, fragte Maxwell.

Sie nickte.

Er nahm eine Flasche Jack Daniel's in die linke Hand und Elisabeths Hand in die rechte.

Der Strand war leer. Sie liefen bis zu einem Felsvorsprung.

»Ist verdammt schön hier«, sagte Elisabeth und ließ sich auf den Steinen nieder.

Maxwell trank einen Schluck Whiskey. »Und verdammt teuer.«

Er setzte sich neben Elisabeth und küsste sie.

Seine Lippen fühlten sich vertraut an, obwohl sie ihn gerade erst kennengelernt hatte. Seine Hände berührten ihre Haut. Und Elisabeth dachte nicht mehr an ihre Unvollkommenheit.

22

Nächte

Es war sein letzter Abend in Los Angeles.
Wieder hatten sie in dem indischen Restaurant gegessen. Elisabeth hatte es ausgewählt. Der Inder mit Lie-
ferservice zwei Straßen weiter.

Nr. 28, Chicken Curry, scharf.

Bei ihrer ersten Verabredung war Elisabeth zu früh da
gewesen. Hatte sich an einen Tisch in der hintersten Ecke
gesetzt. Das Licht war grell. Die Tischplatte klebte. Es
roch nach Koriander und Kanalisation.

Aber all das wurde Teil einer ausgelassenen Nacht.
Und weil sie beide es wieder erleben wollten, genauso,
trafen sie sich auch die nächsten Male hier.

Schon am ersten Abend hatte Elisabeth Maxwell mit
nach Hause genommen. Es war lange her, dass sie jemanden an sich herangelassen hatte. Eigentlich war es
eine Premiere. In New York hatte Elisabeth eine kurze
Beziehung mit einem Choreographen gehabt. Schnell
hatten die Ballerina und der Choreograph eingesehen,
dass es nicht Liebe war und niemals Liebe werden würde. Wer sie eigentlich waren, ohne Tschaikowski, Tanz,
Schweiß und Spitzenschuhe, fanden sie nicht heraus. Es
interessierte sie auch nicht.

Maxwell hatte drei gescheiterte Beziehungen hinter

sich. Danach gab es nur kurze Begegnungen. Ein Abend. Eine Nacht. Nächte, in denen nichts geschah, weil er nicht konnte. Zu viel Jack Daniel's. Vielleicht war es auch das Alter. Oder beides zusammen. Um sich weitere Demütigungen zu ersparen, wurden die Stunden vor der Nacht sein Spiel. Es reichte ihm zu wissen, dass die Frauen ihn wollten.

Mit Elisabeth war es anders. Er verzichtete auf die doppelten Whiskeys, zumindest davor, und schluckte eine blaue Pille, um ganz sicher zu gehen. Die blaue Pille ließ sein Herz rasen. So schnell rasen, dass er dachte, es würde explodieren und seine Brust zerreißen.

Sie lagen nackt auf Elisabeths Matratze. Einen Aschenbecher zwischen sich.

Maxwell war ein guter Erzähler. Sie wusste, dass der Großteil seiner Cowboyabenteuer den *Jill*-Drehbüchern entnommen war.

»Aber du hast nicht wirklich einen Berglöwen erschossen«, hatte sie in der ersten Nacht gesagt.

»Ich bin auf einer Ranch aufgewachsen. Dort habe ich 'ne Menge gelernt. Von Onkel Terry.«

Vielleicht hatte er als Zehnjähriger einen Berglöwen erschossen. Vielleicht hatte sein Onkel Terry, der gar nicht sein richtiger Onkel war, das Tier erschossen. Vielleicht hatte Cowboy Jill den Löwen erlegt.

War es wichtig, ob etwas die ganze Wahrheit war? Elisabeth erschien es unwichtig, als sie neben Maxwell lag.

»Flieg mit mir nach El Paso«, sagte er.

Morgen würde er abreisen.

»Geht nicht. Flugangst«, sagte sie.

»Dann fahren wir mit dem Auto nach Myrthel Spring.«

Sie lachte. »Meinst du das ernst?«

»Ja.«

Elisabeth schloss die Augen und nickte.

»Ja?«, fragte er.

»Ja«, sagte sie.

Maxwell küsste Elisabeth. Dann stand er auf. Zog Jills Uniform an: Jeans, Hemd, Weste, Cowboystiefel und Cowboyhut.

»Ich hol dich morgen um zwölf ab.«

Als er weg war, rief Elisabeth Jayden an.

»Habe ich dich geweckt?«

»Nein«, sagte Jayden.

»Ich ... ich fahre morgen nach Myrthel Spring.«

»Warum?«

»Maxwell hat mich gefragt, ob ich mit ihm komme. Kannst du die nächsten vier Wochen auf mich verzichten?«

»Ja, natürlich«, sagte Jayden.

»Danke.«

»Elisabeth ...« Er zögerte einen Moment.

»Ja?«

»Was ... was ist das mit dir und Maxwell?«

»Ich weiß es nicht. Aber ich habe mich noch nie so ... so gut gefühlt mit jemandem.«

Maxwell fuhr nicht gleich nach Hause, er fuhr nie gleich nach Hause. Zu Hause gab es keinen Whiskey. Solange er nicht zu Hause trank, war alles in Ordnung.

Nicht weit von dem Hotel, in dem sein Vater und seine Mutter sich kennengelernt hatten, war eine seiner Lieblingskneipen. Ein immer dunkler Raum, in dem kaputte Typen noch im Morgengrauen billigen Schnaps tranken. Der Besitzer, ein Vietnamveteran, hieß Nat. Operation Oklahoma Hills, 1969 in Happy Valley, hatte Nat seinen linken Arm gekostet.

»Was ist passiert?«, hatte Maxwell nach drei doppelten Whiskeys gefragt, als er das erste Mal hier gewesen war.

»Vietnam«, hatte Nat gesagt. »Das ist passiert.«

»Mein Vater ist in Vietnam gefallen.«

Nat hatte ihm einen Jack Daniel's ausgegeben und »Auf deinen Vater!« gesagt.

Viele Nächte hatte Maxwell seither an Nats Tresen verbracht. Und jedes Mal spendierte der Wirt ihm einen Doppelten und stieß mit ihm auf seinen Vater an.

Manchmal erzählte Nat aus Vietnam. Es waren lustige Geschichten, die mehr nach Jugendlager als nach Krieg klangen. Über das Grauen, das er gesehen hatte, sprach er nie. Nicht nur seinen Arm hatte er auf dem Schlachtfeld verloren, auch der Schlaf war in Vietnam geblieben. Mit einem anderen Veteran hatte er die Kneipe eröffnet, um den Nächten zu entkommen. Sein Kamerad war an Lungenkrebs gestorben, seitdem stand Nat alleine hinter dem Tresen. Er wollte dort stehen bleiben, bis er tot umfiel.

»Nicht in Texas, Cowboy?«, fragte Nat, als Maxwell hereinkam.

»Morgen geht es los«, entgegnete Maxwell und nahm auf einem Barhocker Platz. Am anderen Ende des Tresens saßen zwei Männer. Schweigend tranken sie ihren Schnaps. Sie sahen aus, als würden sie dort schon immer sitzen und für alle Zeiten dort sitzen bleiben.

Nat goss Maxwell einen Doppelten ein und sich selbst einen Einfachen. »Auf deinen Vater!«, sagte er.

Sie stießen an und tranken.

Noch immer raste das Herz in Maxwells Brust.

»Deine letzte Nacht in der großen Stadt, und du hast nichts Besseres zu tun?«, sagte Nat und lachte.

»Bis vor 'ner Stunde hab ich gevögelt«, antwortete Maxwell.

»Und warum liegst du dann nicht mehr neben ihr, Cowboy? War sie zu hässlich? Oder zu teuer?«

»Sie ist nicht hässlich. Sie ist hübsch, und sie kostet auch nichts. Sie kommt mit mir nach Texas.«

»Ne richtige Freundin?«

»Wir werden sehen. Vielleicht.«

»Du bist ein Idiot, 'ne richtige Freundin, und du sitzt hier. Ich fass es nicht.«

»Ich kann doch nicht weggehen, ohne dir auf Wiedersehen zu sagen.«

»Dann noch einen auf deinen Vater«, sagte Nat und füllte die Gläser.

»Auf meinen Vater!«

»Auf deinen Vater!«

Maxwell wischte sich den Mund ab. »Außerdem wollte ich dir was zeigen«, sagte er und zog einen Brief aus seiner Westentasche.

»Ist von 'nem Freund von meinem Vater. Und ich dachte ... Ich meine, du warst in Vietnam. Ich dachte, es würde dich interessieren.«

Maxwell reichte Nat den Brief. Der Wirt begann zu lesen.

Liebe Frau Charlotte Foreman,

*Sie kennen mich nicht. Collin war mein bester
Freund, wir waren zusammen in Vietnam ...*

Als Nat fertig war, faltete er den Brief zusammen und gab
ihn Maxwell zurück. Er sagte nichts.

»Mein Vater war ein guter Mensch«, sagte Maxwell.

»Ist das eine Frage?«

»Nein. Mein Vater hat aufgepasst, dass sein Freund
nicht kaputtgeht. Drinnen kaputt. Er hat ... er hat ihn
gerettet.«

»Dein Vater hat Hunderte Marines in Gefahr gebracht«,
sagte Nat. »Kaputtgehen? Was soll das heißen? Soldaten
töten, das ist der Job. Du tötest deinen Feind, oder dein
Feind tötet dich.«

»Aber ...« Maxwell ließ den Kopf hängen. »Ich ... ich
habe das nie so gesehen. Ich dachte, er ... er hat etwas
Gutes, etwas Richtiges getan.«

»Junge«, sagte Nat, fast liebevoll, als ob Maxwell ein
Kind und nicht ein Mann Ende vierzig wäre, »reden wir
von was anderem. Erzähl mir von deiner Freundin. Wie
sieht sie aus?«

Elisabeth saß auf der Matratze, die Lederhose in den
Händen. Der perfekte Moment, sie endlich wegzuwer-
fen. Aber Elisabeth faltete die Hose und packte sie in
den Koffer. Sie nahm ihr Handy, rechnete: Es war jetzt
12 Uhr in Stuttgart.

»Mama?«

»Elisabeth. Wie schön ... Wie geht es dir?«, rief Annegret in den Hörer.

»Mama, du musst nicht brüllen«, sagte sie.

»Kannst du mich hören?«

»Ja, Mama.«

So begann jedes ihrer Telefonate.

»Wie geht es dir?«, fragte Annegret noch einmal, jetzt
etwas leiser.

»Gut ... Ich wollte dir was erzählen.«

»Ja?«

»Ich fahre morgen nach Texas.«

»Nach Texas? Warum?«

»Ich habe einen Mann kennengelernt. Ich ... ich habe ...
Ich glaube, ich habe mich verliebt. Er ist ein Schauspieler
und ein Cowboy. Also, er ist auf einer Ranch aufgewachsen, und dann war er Schauspieler. Und jetzt eröffnet er
einen Saloon in Texas. Eine Bar. Er heißt Maxwell.«

»Wann hast du ihn kennengelernt?«

»Noch nicht lange her. Ich bin gern mit ihm zusammen.«

»Das ist schön. Bist du glücklich, mein Mädchen?«,
fragte Annegret.

»Ja, Mama.«

»Wie lange bleibst du in Texas?«

»Ich weiß es nicht. Erst mal vier Wochen. Bis zur Eröffnung. Und dann ... Wir werden sehen. Ich vermisse
dich, Mama.«

»Ich dich auch. Vielleicht kannst du ja bald mal nach
Hause kommen.«

»Ja.«

»Ich habe dich so lange nicht mehr gesehen.«

»Ich weiß, Mama. Ich liebe dich.«

»Ich dich auch. Und ruf mich aus Texas an, ja?«

»Das mach ich. Bis dann, Mama.«

»Bis dann.«

Annegret stand auf und ging in die Küche, um das Geschirr zu spülen. Vor ein paar Monaten hätte sie sich beinahe eine Spülmaschine gekauft. Aber wozu? Das wenige Geschirr konnte sie von Hand spülen.

Sie war alt geworden, ihr kinnlanges Haar schnee-weiß. Jeden Morgen wachte sie mit einem neuen kleinen Schmerz auf. Hunderte kleine Schmerzen, die gekom-men waren, um zu bleiben.

An manchen Tagen ging Annegret noch vor Sonnen-untergang zu Bett, an anderen Tagen stand sie gar nicht erst auf. Sie war alleine, unglücklich war sie nicht. Ein Mensch, dem zwei Wunder widerfahren waren, konnte nicht unglücklich sein.

Eine Aprilnacht.

Eine Tochter.

23

Zimmer

Vier Koffer und sechs Kisten stapelten sich auf der Ladefläche des schwarzen Dodge Ram Pick-up. Die Fenster waren einen Spaltbreit geöffnet, damit der Rauch rausziehen konnte. Im Radio lief *Das Beste aus den 50ern und 60ern*. Sie fuhren Richtung Osten, bis es dunkel wurde. Irgendwo in Arizona verließen sie die Interstate 10, kauften Pizza und drei Sixpacks Budweiser an einer Tankstelle und gingen in das Motel gleich neben der Tankstelle. U-förmig, einstöckig, schmutzig-weißer Beton.

»Haustiere?«, fragte der Portier.

»Nein.«

»Kinder?«

»Nein.«

»Ich kenne Sie von irgendwo her«, sagte der Mann. Maxwell zuckte mit den Schultern.

»Kingsize oder zwei Betten?«

»Kingsize.«

»Raucher oder Nichtraucher?«

»Raucher.«

Der Portier starrte Maxwell an. »Ich kenne Sie ... Ich kenne Sie aus dem Fernsehen. Ja. Jetzt fällt's mir ein. Sie sind Cowboy Jill. Genau der sind Sie.« Das Doppelkinn

des Mannes wackelte vor Freude. »Und Sie sehen genauso aus wie im Fernsehen. Meine Frau hat geweint bei
Ihrer Beerdigung. Können wir ein Foto machen?«

Maxwell lächelte. »Klar.«

Der Portier stand auf, kam um den Tresen herum.
»Junge Dame, wären Sie so gut?« Er hielt Elisabeth sein
Handy hin.

Sie drückte sechsmal auf den Auslöser.

»Danke«, sagte der Mann und betrachtete die Bilder.
Arm in Arm mit Cowboy Jill. Eine Trophäe.

Wieder hinter dem Tresen gab er ihre Daten in den
Computer ein.

»Ich gebe Ihnen das beste Zimmer«, sagte er und reichte Maxwell seinen Führerschein, die Kreditkarte und
zwei Plastikkärtchen. »Sind eigentlich alle gleich, aber in
Nummer 14 ist der Teppichboden neu.«

Maxwell und Elisabeth bedankten sich.

Sie parkten direkt vor der Zimmertür. Drinnen war es
kalt. Maxwell drehte die Heizung auf. Stinkende, warme
Luft breitete sich aus. Der Teppichboden war braun, genauso wie die Überdecke.

Sie saßen auf dem Bett, tranken Bier und aßen lauwar-
me fettige Pizza.

»Ich habe meine Kindheit in Motels verbracht«, sagte
Maxwell und zündete sich eine Zigarette an. »Sie riechen
alle gleich.«

»Was hast du als Kind in Motels gemacht?«

»Wir ... also meine Mutter und ich sind quer durch
Kalifornien gefahren. Mein Zuhause waren nummerierte
Zimmer.«

Elisabeth betrachtete Maxwell. Wie wenig sie über ihn wusste. »Wart ihr lange unterwegs?«, fragte sie.

»Acht Jahre.«

»Das ist lange.« Elisabeth versuchte, sich den Mann mit den grauen Schläfen als Jungen vorzustellen.

»Ich dachte, meine Mutter wäre auf der Suche nach etwas Bestimmtem. Und eines Tages würde sie es finden, und dann würde unser Leben anders werden … irgendwie normaler«, sagte Maxwell.

»Hat sie es gefunden?«

»Ich glaube, sie hat gar nichts gesucht.«

Elisabeth berührte Maxwells Knie, als wollte sie sich vergewissern, dass er da war, dass er echt war.

»Und dann seid ihr nach Texas gezogen?«

»Ja.« Er öffnete eine zweite Dose Bier. »Es war … es war nicht einfach. Onkel Terry war verheiratet, und meine Mutter hat alles durcheinandergebracht … Es war nicht einfach, für niemanden. Besonders nicht für Terrys Frau. Diana. Sie war immer freundlich, auch zu meiner Mutter. Hat so getan, als ob sie nichts merken würde. Und Terrys Söhne haben es an mir ausgelassen.«

»Terry und deine Mutter hatten ein Verhältnis?«, fragte Elisabeth.

Er nickte. »Und es hat ihr nichts bedeutet.«

Charlotte klappte den Laptop auf, sie war unruhig. Sie nutzte den Computer ausschließlich zum Shoppen. Das Internet war ihr suspekt. Diese Satelliten und Antennen nahmen der Welt ihr Geheimnis. Aber man konnte dort rund um die Uhr einkaufen.

Sie bestellte 53 dunkelblaue Samtkissen. Vorhin hatte sie alle Kissen im Haus gezählt. Es waren 37. Sie wollte mehr Kissen, mehr Einheitlichkeit. Die Kissen in ihrem Schlafzimmer waren blassgelb, im Wohnzimmer gab es bordeauxrote und schokoladenbraune, senffarbene in einem der Gästezimmer, in einem anderen graue. Bald würde es nur noch dunkelblaue geben.

Alte Kissen zählen, neue Kissen aussuchen und bestellen. Drei Stunden, in denen ihr Herz schneller schlug.

Es war nach Mitternacht, als sie den Laptop zuklappte. Die Leere. Die Leere. Ein Martini. Sie stand auf, durchschritt ihre Ankleide. Schlüpfte in ein langes schwarzes Abendkleid, dämpfte das Licht und betrachtete ihr Spiegelbild. Mehr Lippenstift. Mehr Lidschatten. Hohe Schuhe.

Charlotte marschierte zu Braxtons Zimmer. Klopfte.

»Braxton? Braxton? Sind Sie wach?«

Der Butler reagierte nicht. Sie öffnete die Tür. Der alte Mann lag schlafend im Bett. Sie stellte sich ans Kopfende. Er atmete schwer, ein unangenehmes Geräusch. Als ob der Tod in seinen Lungen rasseln würde.

»Braxton!«

Der Butler öffnete die Augen, schnellte hoch. »Was? Was ist passiert?« Das Licht vom Gang fiel in den Raum.

»Ich werde alle Kissen austauschen«, sagte Charlotte.

»Wie bitte?«

»Ich habe Kissen bestellt. Dunkelblauer Samt.«

»Einen Moment«, sagte Braxton und griff nach seinem Hörgerät auf dem Nachttisch. Befestigte es an seinem Ohr. »Ja?«, fragte er.

»Ich habe Kissen bestellt. Dunkelblauer Samt«, wiederholte Charlotte und setzte sich auf die Bettkante. »Morgen werde ich die alten wegwerfen. Helfen Sie mir dabei?
Es sind 37 Stück.«

»Kissen ... Was ... Ja«, sagte er. »Wie Sie wünschen.«

Charlotte schlug die Hände vors Gesicht.

Der Butler zuckte zusammen. »Was ist passiert, Mrs.
Foreman?«

»Oh Gott, Braxton, ich habe Ihre nicht gezählt. Wie
viele haben Sie?«

»Kissen?«

»Ja.«

»Ich ... Ich habe vier Kissen«, sagte der Butler.

»Nur vier.«

»Ja.«

»Sind Sie sicher?«

»Ja.«

»Das ist gut. Ich habe 53 bestellt. 37 plus vier. Macht
41. Also habe ich zwölf mehr. Zwölf, das sollte reichen.«

Der Butler nickte. Einen Moment lang war es still.

»Braxton, was halten Sie von einem Hund?«, sagte
Charlotte.

»Einem Hund?«

»Denken Sie nicht, dass ich einen Hund verdient habe?«

»Doch, natürlich. Wenn Sie einen Hund haben möchten, sollten Sie auch einen haben.«

Charlotte strahlte. »Sie verstehen mich immer, Braxton.«

Der Butler nickte.

»Ich hatte mal einen Hund. Collin hat ihn mir weg-

213

genommen. Ich glaube, er hat ihn umgebracht. Ist das nicht grausam? Er hat meinen kleinen Hund umgebracht. Glauben Sie, man kann Hunde im Internet kaufen?«

»Ich weiß es nicht.«

»Sind Sie müde, Braxton?«

»Ein wenig.«

»Wenn Sie nicht allzu müde sind, könnten wir die Kissen jetzt gleich wegwerfen. Wir brauchen große Plastiktüten.«

Braxton stand auf und zog sich einen Morgenmantel über.

»Oder wir trinken jetzt einen Martini und machen das mit den Kissen morgen«, sagte Charlotte.

»Wie Sie wünschen.«

»Oder wir kaufen jetzt einen Hund im Internet. Braxton, wir kaufen einen Hund. Kommen Sie, Braxton!«

Als Elisabeth aufwachte, lag er nicht neben ihr.

02:47 Uhr. Neongrüne Ziffern in dem dunklen Raum. »Maxwell?«, fragte sie. Sie schaltete das Licht an. Er war nicht da. Sie rauchte zwei Zigaretten, wartete. Eine dritte Zigarette, obwohl sie bitter schmeckte, obwohl ihr Magen brannte. Aber Warten, ohne zu rauchen, war echtes Warten. Als auch die dritte Zigarette ausgedrückt war, stand Elisabeth auf. Sie zog Pullover und Jeans an. Verließ das Zimmer.

Es war kalt. Das Neonlicht der Tankstelle. Das Rauschen der Highways. Elisabeth vergewisserte sich, dass sie eine der Schlüsselkarten eingesteckt hatte. Sie ging um das Gebäude herum. Hinter einem Metallzaun ein

Swimmingpool. Maxwells Beine baumelten im Becken. Neben ihm ein Haufen leerer Bierdosen. Er hatte einen silbernen Flachmann in der Hand. Antik. Ein Requisit aus *Cowboy Jill.*

Elisabeth öffnete das quietschende Tor.

»Hey«, sagte sie, als sie neben Maxwell stand.

»Nie machen sie Wasser rein«, sagte er.

»Im Sommer bestimmt.« Sie setzte sich zu ihm. Zählte die leeren Dosen. Dreizehn.

»Nein. Nie. Sie scheren sich einen Dreck um die Gäste, weil die meisten sowieso nur eine Nacht bleiben. Aber ich habe meine ganze verdammte Kindheit in solchen Motels verbracht.«

Er zerquetschte eine Dose und warf sie in den Pool.

»Wetten, dass sie in einem Monat noch immer daliegt?«

»Ich bin aufgewacht, und du warst nicht da«, sagte Elisabeth.

Er sah sie an. »Habe ich dir erzählt, dass ich in Texas fast gestorben wäre. Sie wollten mich umbringen.« Seine Worte wackelten, der Alkohol hatte seine Zunge müde gemacht.

»Nein«, antwortete Elisabeth, ohne ihn anzusehen.

»Terrys Söhne haben mich an einem Baum aufgeknüpft. An einem Gürtel. An dem Gürtel, den Terry mir geschenkt hat. Sie waren älter und stärker als ich. Ich hing an dem Baum, und sie sind abgehauen. Sie dachten, ich würde sterben. Aber ich habe mich losgemacht. Ich habe es geschafft.«

Elisabeth wusste nicht, ob das eine Geschichte aus Maxwells oder aus Jills Leben war.

»Als ich vor ihnen stand, lebendig, da haben sie Schiss bekommen. Danach haben sie mich in Ruhe gelassen.«

»Ein Wunder«, sagte Elisabeth.

»Was ist ein Wunder?«

»Dass du überlebt hast«, sagte sie leise. »Ich meine …«

»Glaubst du an Wunder?«

Sie zuckte mit den Schultern. »Weiß nicht? Du?«

»Nein«, sagte Maxwell und starrte in den Pool.

»Sollen wir schlafen gehen?«, fragte Elisabeth.

»Geh ruhig, ich bleibe noch ein bisschen.«

Gerne hätte sie ihn an die Hand genommen, aber sie tat es nicht.

»Okay.« Sie stand auf. »Also bis gleich.«

Er antwortete nicht.

Zurück im Zimmer, zündete sich Elisabeth eine Zigarette an, lauschte angestrengt. Sie hörte ein Bett quietschen, ein Räuspern, irgendwo spielte Musik, die Highways. Tausend Geräusche. Noch eine Zigarette. Er kam nicht. Sie legte sich ins Bett, starrte auf die neongrünen Ziffern: 03:38 Uhr.

Um 04:02 noch eine Zigarette.

04:14 Uhr.

04:31 Uhr.

Um 04:52 Uhr hörte sie Schritte. Jills Cowboystiefel. Die Tür ging auf. Sie spürte seinen Blick auf ihrem Körper. Er zog sich aus. Legte sich neben sie, den Rücken ihr zugewandt. Er roch nach Whiskey und Bier.

Drei Minuten später schnarchte er. Laut.

24
Liebe

Das Haus war gelb. Ein Schlafzimmer, ein Wohnzimmer, ein Gästezimmer, Bad, Küche. Ein Garten mit Ocotillo-Kakteen und Pekannussbäumen. Seit fast einem Monat lebten sie hier. Maxwell hatte Bücher, Bilder, Lampen und Geschirr aus Los Angeles mitgebracht. Gestern waren seine Möbel gekommen. Außer ein paar Kleidern erzählte nichts von Elisabeths Anwesenheit. Sie war Gast in seinem Haus. Wie lange sie bleiben würde, war ungewiss.

Maxwell hatte Elisabeth allen als seine Freundin vorgestellt. Und genau das war sie für die Leute in Myrthel Spring: Maxwells Freundin. Für die Handwerker im Saloon. Für Carmens Personal.

»Das ist Maxwells Freundin.« Als ob sie keinen Namen hätte. Maxwells Freundin.

»Oh, Maxwells Freundin«, sagten die Leute.

»Ich heiße Elisabeth.«

»Woher kommst du?«, fragten sie. Elisabeth hatte noch immer einen leichten Akzent.

»Aus Deutschland.«

Alle schienen irgendwelche deutschen Vorfahren zu haben, behaupteten sie zumindest, und dass sie Deutsch sprechen würden. Sie zählten bis zehn und sagten: »Gutes

Tag, meins Fraulein. Isch bitte moschte ein Autobahn.
Isch drinken eins Bier. Nein. Ja. Kaputt.«

Dann starrten sie Elisabeth an, warteten auf Lob und
Applaus.

Wenn Elisabeth nicht schnell genug reagierte, fingen
sie von vorne an:

»Ein, swei, drei, viers, funf ...«

In Myrthel Spring gab es zwei Hotels und vier Restaurants, die genauso auch in Manhattan hätten stehen
können. Gebaut, als Glenn Winstons Roman *Myrthel
Spring* vor drei Jahren Furore gemacht hatte. Man nannte
Myrthel Spring das neue Walden. *Wüsten sind die neuen
Wälder* – der Slogan eines ambitionierten Kritikers. Seine
Erklärung war lang und unverständlich. Der Slogan blieb,
wurde hundertfach wiederholt, obwohl die beiden Wer-
ke keinerlei Gemeinsamkeiten aufwiesen.

In Thoreaus Betrachtung hieß es:

*Ich ging in die Wälder, denn ich wollte wohlüberlegt
leben; intensiv leben wollte ich. Das Mark des
Lebens in mich aufsaugen, um alles auszurotten, was
nicht Leben war. Damit ich nicht in der Todesstunde
innewürde, dass ich gar nicht gelebt hatte.*

Das Ich in Winstons Geschichte war ein verkrachter
Künstler, der eine Niederlage nach der anderen erlebt
hat. Er stiehlt ein Auto, fährt ziellos durch Amerika, bis
der Motor in einem kleinen Ort in Westtexas verendet.
Myrthel Spring. Er glaubt, das Schicksal hätte für ihn
entschieden, und bleibt. Nach ihm stranden immer mehr

Menschen in Myrthel Spring. Losgefahren ins Ungewisse, auf der Suche nach einem Ort, an dem ihre traurigen
Seelen und gebrochenen Herzen Heilung fänden.

Einen Moment glaubten sie sich erlöst, aber dann,
aber dann – sie fanden nichts außer dem Echo ihrer
eigenen Stimmen.

Nur der Ich-Erzähler findet Erlösung in der Wüste:

Und unter diesem unendlichen Himmel sehe ich
die Welt mit einer Klarheit, die an Wahnsinn grenzt.
Alles ist vergeblich. Ich sage es ohne Bitterkeit.

Myrthel Spring erlebte einen Touristenboom. Sie kamen
aus Los Angeles, New York, Houston, Austin. Sie nannten sich *bohemians*, *hippies* und *gypsies*. Sie schrieben
Gedichte, drehten Filme, malten, zeichneten oder nahmen es sich zumindest vor. Glenn Winstons Buch hatte
zu ihnen gesprochen. Sie blieben ein Wochenende oder
fünf Tage, posteten vierzig Bilder auf Instagram, Hashtag
#myrthelspringidieit.

Für diese Touristen hatten andere, die sich in Myrthel
Spring niedergelassen hatten, Hotels und Restaurants
gebaut. Mittlerweile gab es einen Coffee-Shop, einen
Taco-Truck, einen Schallplattenladen.

Wer schon immer hier gewohnt hatte, beobachtete die
Veränderungen mit einer Mischung aus Skepsis und Be-
lustigung.

Glenn Winston, der für all das verantwortlich war, lebte

in einem Haus jenseits der Stadtgrenze. Er ließ sich nur selten in Myrthel Spring blicken. Manchmal sah man ihn in den frühen Morgenstunden oder spät in der Nacht mit seinem Hirtenhund durch die Straßen spazieren.

»Maxwell, deine Freundin ist hier«, sagte einer der Männer, der gerade die Klimaanlage im Saloon reparierte.

Maxwell hatte den Saloon White Buffalo getauft, nach der Kneipe, in der Cowboy Jill seinen Whiskey getrunken hatte. Das White Buffalo in Myrthel Spring sah nach wochenlangen Umbauten aus wie die Studiokulisse in Hollywood.

»Und?«, fragte er.

»Es ist fertig. Du hast es geschafft«, sagte sie und küsste ihn auf die Wange. »Gratuliere.«

»Heute Abend feiern wir. Ich habe einen Tisch im Pilot bestellt.«

Das Pilot war das beste Restaurant in Myrthel Spring. Sie saßen an einer langen Tafel. Handwerker und künftige Barkeeperinnen, Maxwell und Elisabeth. Es gab Steak und Schweinebauch, Whiskey, Bier, Champagner und Wein. Und Maxwell erzählte. Elisabeth kannte inzwischen fast alle seine Geschichten. Vielleicht sah er sie deshalb nicht an. Sie war nicht sein Publikum. Er hatte sie bereits erobert.

Der Berglöwe, Viehdiebe, ein Rezept für das einzig wahre Chili. Das störrischste Pferd, das er jemals geritten hatte. »Ein Arschloch von Pferd. Hat ständig versucht, mich abzuwerfen. Aber ein schönes Tier. Und einem schönen Tier verzeiht man ja so einiges.«

Er lächelte eine seiner künftigen Barkeeperinnen an. Zuzu, tätowierte Arme, Silikonbrüste, lange schwarze Haare. Sie hatte als Tänzerin in Las Vegas gearbeitet, bevor sie nach Myrthel Spring gezogen war. Ein Freund hatte sie mitgenommen, ein Wochenendtrip. Zuzu hatte schon lange vieles anders machen wollen. Raus aus Vegas. Und so war sie einfach in Myrthel Spring geblieben.

Maxwell hatte Zuzu und Elisabeth einander vorgestellt. »Meine Freundin hat früher auch getanzt.«

»Oh, wirklich?«, hatte Zuzu gesagt und Maxwells Freundin gemustert.

»Ballett. Mein Knie. Ich musste aufhören. Ich war Balletttänzerin.«

Zuzu hatte genickt und sich wieder Maxwell zugewandt.

Immer wenn Annegret auf die Uhr schaute, rechnete sie. Minus sieben Stunden.

Sie lag auf ihrem Bett. Sie hatte die Dreizimmerwohnung im Osten der Stadt vor fünf Jahren verkauft und war in ein Einzimmerapartment nahe dem Zuffenhausener Friedhof gezogen. Ein Raum reichte völlig. Je weniger man besaß, desto weniger musste man sich sorgen. Ihr Bett hatte ein verstellbares Kopfteil. Elektrisch. Mit Fernbedienung. Das war der einzige Luxus, den Annegret sich geleistet hatte.

Es war 21 Uhr. Sie aß Schokoladenkekse. Krümel fielen auf das weiße Laken. Im Radio lief ein Hörspiel. Ein Thriller. Irgendwer hatte auf den Detektiv geschossen, glaubte Annegret zumindest. Sie konnte der Handlung

kaum folgen. Zu viele Namen, zu viele Dinge, die gleichzeitig geschahen. Annegrets Gedanken schweiften ab. In
letzter Zeit fiel es ihr schwer, sich auf die Gegenwart zu
konzentrieren. Manchmal stand sie an der Wohnungstür und vergaß, wo sie hatte hingehen wollen. Sie vergaß,
zu essen und zu trinken, vergaß, den Briefkasten zu leeren. Und manchmal vergaß sie, auf die Toilette zu gehen,
und pinkelte in die Hose. Ihre Gedanken flogen in die
Vergangenheit. Gestochen scharfe Bilder.

Nicolaj.

Er weiß nicht, dass er eine Tochter hat. Eine Ballerina.
Als Elisabeth vier Jahre alt war, hatte Annegret das
Mädchen an der Ballettschule angemeldet. Nicolajs Vater
hatte eine Ballerina geliebt, und Annegret wollte etwas
von Nicolajs Geschichte bewahren.

Elisabeth wusste nicht, dass Bernd nicht ihr Vater war,
und Annegret würde es ihr niemals erzählen.

Bernd hatte es auch nicht gewusst.

Die Wiege stand neben dem Elternbett. Das Baby lachte im Schlaf.

»Hörst du das?«, hatte Bernd gefragt. »Sie ist glücklich.«

»Ja«, hatte Annegret gesagt.

Bernd hatte ihre Hand genommen. »Ich auch«, hatte er
gesagt und dann unvermittelt: »Ich habe die Katze nicht
abgeschafft.«

»Was?«, hatte Annegret gefragt.

»Erinnerst du dich an die Katze. Als … als ich nach
Hause kam, lag sie tot auf der Straße. Jemand hatte sie
überfahren, und ich dachte … Ich konnte dir nicht sagen,

dass sie tot ist. Ich dachte, es ist einfacher, wenn du mir böse bist. Der Tod ist so ... Es tut mir leid.«

Annegret hatte seine Hand noch fester gehalten.

Der grausame Beschützer.

Die Aprilnacht, Annegret hatte niemandem davon erzählt. Auch Bernd nicht. Ob sie sich so oft in die Gedanken des grausamen Beschützers geschlichen hatte wie er sich in ihre? Ob er sie vergessen hatte? Oder vielleicht seinen Kindern drei sandfarbene Hunde geschenkt und ihnen gesagt hatte: »Sie haben einem kleinen Mädchen in Deutschland gehört. Malyschka. Malyschka.«

»Malyschka. Malyschka«, sagte Annegret leise. Sie erhob sich. Einen Keks in der Hand, stand sie im Zimmer und wusste nicht, warum sie aufgestanden war. Langsam lief sie in die Küche, legte den Keks in den Kühlschrank. Im Radio heulten Sirenen. Jemand wurde verhaftet. Annegret trank ein Glas Wasser, vielleicht hatte sie Durst gehabt. Sie ging ins Bad, hockte sich auf die Toilette, aber sie musste nicht. Wo sie schon einmal hier war, konnte sie sich ja die Zähne putzen. Vielleicht hatte sie getan, was sie hatte tun wollen, vielleicht auch nicht.

Sie blieben, bis das Pilot schloss. Vor der Tür erzählte Maxwell eine letzte Geschichte und erntete lautes Gelächter.

»Ich glaube, alle haben sich amüsiert«, sagte er, als sie im Auto saßen.

»Ja«, sagte Elisabeth.

Maxwell strich ihr übers Haar und lächelte.

»Ich bin froh, dass du hier bist«, sagte er.

Mit diesem einen Satz verscheuchte er Elisabeths Unsicherheit.

Den ganzen Abend über hatte sie das Gefühl gehabt, ihre Anwesenheit würde ihm nichts bedeuten.

Die Fahrt zum kleinen gelben Haus dauerte keine fünf Minuten.

Sie lagen nebeneinander auf der Couch, schauten Fernsehen. Ein Film, in dem viel geschossen wurde. Im Weltall. Zombies, die ein Raumschiff entführen wollten. Maxwell hielt Elisabeth im Arm.

»Ich liebe dich«, sagte er.

Und sie antwortete: »Ich dich auch.«

Mit *Try a little tenderness* warb ein Autohersteller für ein neues Modell. Dann kamen die Zombies zurück.

»Ich will, dass wir zusammenbleiben«, sagte Maxwell. »Wir können deine Sachen aus Los Angeles holen lassen.«

»Da ist nichts mehr«, sagte sie und nahm seine Hand.

»Ist das ein Ja?«, fragte er.

»Ja«, antwortete sie.

Das Raumschiff brannte. Die Zombies explodierten.

Maxwell war eingeschlafen. Elisabeth stand auf, schaltete den Fernseher aus und deckte Maxwell zu.

Sie war hellwach. Leise schlich sie aus dem Haus. Am Himmel funkelten Tausende Sterne. Sie lief die Straße hinunter. In der Ferne heulten Kojoten, ansonsten war es still. Ganz Myrthel Spring schien zu schlafen. Es war, als würden Himmel und Erde ihr allein gehören. Dann tauchte eine Gestalt auf.

Ein Mann mit einem riesigen Hund kreuzte ihren Weg.

»Guten Abend«, sagte der Mann.

»Guten Abend«, sagte Elisabeth.

»Deutschland?«, fragte er. Ihr »Guten Abend« hatte sie verraten. Elisabeth nickte. Gleich würde der Mann zu zählen beginnen.

»Sie klingen wie Marlene Dietrich. Gewöhnen Sie sich das bloß nicht ab«, sagte er.

»Ich heiße Elisabeth.«

»Glenn. Glenn Winston«, sagte er.

»Der Autor?«, fragte sie.

»Ja.«

»Ich habe Ihr Buch nicht gelesen.«

Er lachte. »Dann sind Sie nicht hier, um Erlösung zu finden?«

»Nein. Ich bin hier, weil ich einen Mann liebe.«

»Das ist ein guter Grund.«

»Er eröffnet einen Saloon«, sagte sie, »der Mann, den ich liebe. Maxwell, er heißt Maxwell. Er hat Ihnen eine Einladung geschickt.«

»Ah.«

»Werden Sie kommen?«

Er betrachtete Elisabeth. »Vielleicht.«

»Wie heißt er?«, fragte Elisabeth und streichelte den riesigen Hund.

»Wilson. Ich habe ihn auf einem Rastplatz gefunden. Vor vielen Jahren. Jemand hatte ihn ausgesetzt. Er lag in einem Müllcontainer. Eine seiner Pfoten steckte in den Saiten eines kaputten Tennisschlägers. Ein Wilson.«

25

Glück

Jayden Kishino hatte ganze Arbeit geleistet. Alle waren gekommen. Stars und Sternchen und Menschen, die nicht berühmt waren, aber so aussahen, als könnten sie es sein. 120 geladene Gäste, die meisten aus Los Angeles.

Hinter der Bar standen Zuzu und Hannah, die Maxwell vom Pilot abgeworben hatte, in Hotpants, dazu Cowboyhüte und Cowboystiefel.

Im Mittelpunkt des Geschehens: Maxwell.

Umarmungen und Schulterklopfen. »Ein Saloon in Texas ... Das ist so authentisch! So echt! Und Myrthel Spring so magisch!«

Elisabeth hatte sich in die schwarze Lederhose gezwängt, auf ihrem Kopf thronte ein Stetson, ein Geschenk von Maxwell. Der Hut war zu groß. Sie fühlte sich wie ein Kind, dem man einen Topf übergestülpt hat. Sie saß auf einem Barhocker und lächelte idiotisch. Mehr als »Hallo, wie geht's?« hatte sie bisher nicht über die Lippen gebracht. Es war Maxwells Abend, sie freute sich für ihn und wollte glücklich aussehen. Sie suchte ihn nicht, sie lächelte und trank Bier. Dann kam Maxwell mit einer rothaarigen Frau auf sie zu.

»Ich wollte dir Rachel vorstellen«, sagte er.

»Hallo«, sagte Elisabeth.

»Das ist meine Freundin«, sagte Maxwell zu Rachel. »Und das ist Rachel«, sagte er zu Elisabeth. »Nach fünf Folgen *Cowboy Jill* hat sie jede Menge Filmangebote bekommen.«

Rachel lächelte. »Ja, *Cowboy Jill* hat mir Glück gebracht.«

Ihre Zähne waren sehr weiß.

Maxwell zog weiter.

»Bist du aus Myrthel Spring?«, fragte Rachel.

»Nein. Ich bin aus Deutschland ... ursprünglich. Ich lebe schon eine ganze Weile hier.«

»In Myrthel Spring?«

»Nein. In Amerika. Zuerst New York und dann ...«

»Oh, wow, Deutschland. Wo hast du Maxwell kennengelernt?«

»In Los Angeles«, sagte Elisabeth.

»Und jetzt lebt ihr hier, das ist so ... so toll! Das Buch ... ich meine, nachdem ich es gelesen hatte, wollte ich unbedingt herkommen. Es ist so ... so magisch! Es ist wirklich ein magischer Ort. Ich bin ...«, Rachel trommelte mit der Hand auf ihre Brust, »ich kann es fühlen. Magisch! Ja!«

Elisabeth nickte.

»Und was machst du hier? Hilfst du mit im Saloon?«, fragte Rachel.

»Ich ... also, ich bin ... ich war Tänzerin. Ich habe getanzt, beim Ballett, und dann ...«

»Entschuldige mich einen Moment, Liebes. Da ist Derek. Ich habe ihn seit Ewigkeiten nicht gesehen. Wir reden später weiter. Du musst mir unbedingt mehr von dir erzählen.«

»Klar«, sagte Elisabeth.

Dann sah sie Jayden, winkte ihn zu sich.

»Anstrengend«, flüsterte er ihr ins Ohr.

»Lass uns kurz verschwinden«, sagte sie.

»Gerne.«

Sie gingen nach draußen in den Innenhof. Kieselsteine und Kakteen. Eine Feuerstelle. An einer Wand ein Stapel Holzscheite, zwei Meter hoch und acht Meter breit. Bänke und Metallstühle. Sie fanden eine leere Bank, abseits der Menge, die sich um das Feuer drängte.

»Gut gemacht«, sagte Elisabeth und klopfte Jayden auf die Schulter. »Es sind wirklich alle da.«

Sie zündete sich eine Zigarette an.

»War gar nicht schwer. Anscheinend hat jeder in Hollywood *Myrthel Spring* gelesen und wollte immer schon mal herkommen. Wie geht es dir?«, fragte er.

»Gut. Mir geht es gut.«

»Und jetzt bist du Maxwells Freundin?« Er zwinkerte ihr zu.

»Ja, scheint so.«

»Dann bleibst du also hier?«

Sie nickte.

»Bist du dir sicher?«

»Warum fragst du?«, fragte Elisabeth.

»Entschuldige. Du bist glücklich, und das ist die Hauptsache. Es ging alles sehr schnell, oder?«

»Ja, aber es ist das erste Mal seit langer Zeit, dass ich etwas will. Wirklich will.«

»Cowboy Jill?«, fragte Jayden.

»Maxwell«, sagte sie.

»Was wirst du hier machen?«

»Ich weiß es noch nicht.«

Maxwell stand am Feuer und posierte mit zwei Frauen, während ihn einer der vielen Journalisten interviewte.

»Ich habe Glenn Winston getroffen«, sagte Elisabeth, die Augen auf das Geschehen am Feuer gerichtet.

»Eifersüchtig?«, fragte Jayden.

»Was?«

»Du starrst«, sagte er und lachte.

»Nein. Nicht eifersüchtig.«

»Aber ...«

»Nichts aber. Hörst du mir überhaupt zu, Jayden? Ich habe den Autor von *Myrthel Spring* getroffen. Glenn Winston.«

»Und? Wie ist er so?«

»Nett. Alt. Er hat einen Hund. Ich habe ihn gefragt, ob er heute Abend vorbeikommt.«

»Und?«

»›Vielleicht‹, hat er gesagt.«

Elisabeth drückte die Zigarette aus.

»Rein?«, fragte Jayden.

»Ja.«

Ein DJ spielte alte Country-Songs.

Elisabeth verlor Jayden in der Menge. Sie lief Richtung Tresen. Jemand stieß ihr mit seinem Ellbogen den Hut vom Kopf. Bevor sie ihn aufheben konnte, trat jemand darauf. »Arschloch«, sagte sie leise, nahm den Stetson, bog ihn zurecht, klopfte den Staub ab.

»Elisabeth.« Maxwell stand hinter ihr. »Ich habe dich gesucht.«

»Ich war draußen«, sagte sie. »Und du auch.« Es klang unfreundlicher, als sie wollte. Er bemerkte es nicht.

»Tanz mit mir«, sagte Maxwell und nahm ihre Hand.

Hank Williams sang *Honky Tonk Blues*.

»Ich weiß nicht, wie man dazu tanzt«, sagte Elisabeth.

»Two Step. Ich zeig es dir.«

Die Schrittfolge war einfach. Zwei schnelle Schritte, zwei langsame. Eine Drehung, die er vorgab.

»Jetzt sehe ich dich endlich mal tanzen, meine Ballerina«, sagte Maxwell.

»Ich wünschte, du hättest mich wirklich tanzen sehen.«

»Du tanzt doch wirklich. Jetzt und hier.«

Braxton saß auf dem Sessel. Charlotte hatte ihn aufgefordert, ihr Gesellschaft zu leisten. Sie lag halb ausgestreckt auf der rosafarbenen Chaiselongue, eingehüllt in einen Seidenkimono. Zu ihren Füßen eine schnarchende französische Bulldogge.

Sie trank selbstgemixte falsche Martinis. Braxton musste mittrinken. Er konnte das süße Zeug kaum schlucken. Kirschen statt Oliven. Er würde noch an Diabetes sterben.

»Schauen Sie, Braxton, wie hübsch Bibo schläft!«

»Ja. Sehr hübsch«, pflichtete Braxton ihr bei.

»Vielleicht sollten wir noch einen Hund kaufen«, sagte Charlotte.

»Wie Sie wünschen.«

»Sagen Sie nicht immer ›Wie Sie wünschen‹. Sie müssen doch eine Meinung haben.«

»Ich respektiere Ihre Entscheidungen, Mrs. Foreman, und ich habe keine Meinung über Hunde«, sagte er.

230

»Und wenn ich einen Löwen bestellen würde, würden Sie das auch respektieren?«

»Löwen kann man nicht bestellen, Mrs. Foreman«, sagte er ruhig.

»Man kann alles bestellen. Oder zumindest alles finden. Im Internet.«

»Wie Sie meinen, Mrs. Foreman.«

Charlotte stand auf und mixte noch eine Runde. Sie drückte dem Butler ein neues Glas in die Hand, obwohl das alte noch nicht leer war.

»Heute bediene ich Sie, Braxton. Ist das nicht schön?«

»Ja, sehr schön. Danke, Mrs. Foreman«, sagte er.

Mit einem Seufzer warf sich Charlotte auf die Chaiselongue. Der Hund öffnete die Augen, drehte sich einmal um die eigene Achse und schlief wieder ein.

»Wissen Sie, dass meine Mutter ein Hausmädchen war?«, sagte Charlotte.

Braxton schüttelte den Kopf.

»Und mein Vater war Offizier. Ein amerikanischer Offizier. Er war verheiratet. Mit einer anderen Frau. Meine Mutter hat sein Haus geputzt. Er hat meine Mutter nicht gut behandelt. Geschlagen hat er sie nicht, aber er hat sie benutzt. Sie war so … so schrecklich ängstlich. Wie ein Käfer, den man einfach zertreten kann. Ich hatte nie Angst. Vor nichts.«

Der Butler nickte.

»Das habe ich Joseph zu verdanken. Er war mein Freund, ein Japaner. Er war sehr alt und ich noch ein Kind. Er konnte wunderschön Flöte spielen. Ich habe viele Nachmittage in seiner Wohnung verbracht. Es hat dort immer nach Salbei gerochen. Joseph hat gesagt, Angst sei der Ursprung allen Unglücks. Ich habe schon als kleines Mädchen beschlossen, dass ich niemals Angst haben würde.« Sie leerte ihr Glas in einem Zug und zündete sich eine Zigarette an.

»Glauben Sie auch, dass Angst der Ursprung allen Unglücks ist?«, fragte sie.

Braxton dachte nach. »Ich glaube, alles hat seine Zeit. Glück und Unglück. Angst, Freude.«

»Sie klingen ja wie ein Prediger.« Charlotte lachte. »Und haben Sie Angst, Braxton?«

»Manchmal. Ja.«

Charlotte senkte den Blick und streichelte die Bulldogge. »Ich auch«, sagte sie sehr leise.

Der Butler schwieg.

»Sagen Sie was, um Gottes willen«, fuhr sie ihn an.

»Die Angst kommt mit dem Alter, Mrs. Foreman. Es ist einfacher, mutig zu sein, wenn man jung ist.«

»Bin ich alt?«, fragte sie traurig.

»Nein, Mrs. Foreman. Sie sind nicht alt.«

»Lügen Sie nicht, Braxton.«

»Sie sind nicht mehr ganz jung. Nicht alt, aber nicht mehr ganz jung.«

»Nicht mehr ganz jung …« Sie drückte die Zigarette in dem Kristallaschenbecher aus und zündete sich gleich eine neue an.

»Wissen Sie, was Joseph noch gesagt hat?«

Der Butler schüttelte den Kopf.

»Er hat mir gesagt, dass wir nicht auf der Welt sind, um glücklich zu sein.«

»Da mag er recht haben.«

»Und wozu sind wir da, Braxton?«

Der Butler seufzte. »Oh, Mrs. Foreman, das weiß ich nicht.«

»Joseph wusste es auch nicht«, sagte sie.

Braxton stand auf. »Dürfte ich mich jetzt zurückziehen? Ich würde gerne zu Bett gehen.«

»Ja, ja, gehen Sie nur.«

Als der Butler in seinem Zimmer verschwunden war, holte Charlotte ihren Laptop.

Ein Tisch aus Rosenholz.

Eine Seidenbluse.

Ein Wok.

Charlotte fühlte nichts, als sie den Inhalt des digitalen Einkaufswagens bezahlte.

Morgen würde sie noch einen Hund kaufen. Oder gleich zwei. Und vielleicht einen Löwen.

Die letzten Gäste hatten das White Buffalo verlassen.

Zuzu spülte Gläser, während Hannah die Tische abwischte.

»Hört auf zu arbeiten und lasst uns auf die Zukunft anstoßen«, sagte Maxwell. Er ging hinter den Tresen. »Was trinkst du, Zuzu?«

»Jack Daniel's.«

»Hannah?«

»Jack Daniel's.«

»Elisabeth, auch Jack Daniel's?«

»Klar.«

Er füllte vier Gläser.

»Auf uns!«, sagte er. »Danke, ihr wart großartig heute Abend.«

Und dann erzählte er von Gloria, der Barfrau, der man besser nicht dumm kam. Die einmal einem Cowboy so fest ins Gesicht geschlagen hatte, dass sein Trommelfell geplatzt war.

»Im Drehbuch?«, fragte Elisabeth.

»Was?«, fragte Maxwell.

»Ist sein Trommelfell im Drehbuch geplatzt oder in echt?«

Zuzu und Hannah sahen Elisabeth vorwurfsvoll an.

»In echt«, sagte Maxwell. Er klang gereizt. »Seitdem ist er auf einem Ohr taub.« Maxwell schenkte nach. »Auf Gloria!«, sagte er.

»Wie sah Gloria aus?«, fragte Hannah.

»Fast so gut wie ihr beide.«

Hannah und Zuzu machten sich wieder an die Arbeit.

»Kann ich helfen?«, fragte Elisabeth.

»Du kannst die Gläser reinbringen«, sagte Zuzu.

Elisabeth stand auf und ging nach draußen.

Als sie zurückkkam, saß Maxwell auf einem Barhocker und erzählte von Terry, der ihm alles beigebracht hatte, was ein Cowboy wissen musste.

Hannah und Zuzu stellten Maxwell viele Fragen. Gute Fragen, Fragen, die nicht die Stimmung verdarben.

Elisabeth sagte nichts, sie lächelte. Anderthalb Stunden später war die Bar sauber.

»Bist du glücklich?«, fragte Maxwell, als sie zu Hause waren.

»Ja«, sagte Elisabeth.

»Gut.« Es klang wie eine Drohung.

Sie wollte ihm sagen, dass sie ihn liebte. Dass sie, seit sie nicht mehr tanzen konnte, nicht wusste, wer sie war. Tanzen war ihr Leben gewesen. Und in ihr, in diesem Körper mit dem kaputten Knie und den etwas zu dicken Schenkeln, lebte die Ballerina weiter. Versuchte es zumindest. Sie war nur noch ein Schatten. Aller Abschied ist grausam.

Sie wollte ihm sagen, dass sie sich vollkommen gefühlt hatte, als er sie das erste Mal berührt hatte. Auf dem Felsen in Laguna Beach.

All das sagte sie nicht, sondern: »Ich freue mich für dich ... Der Saloon wird ein großer Erfolg. Es war ein phantastischer Abend.«

26

Wurzeln

An einem Dienstag fuhren sie zur Finsher Ranch. Maxwell hatte erfahren, dass Terry vor einigen Jahren gestorben und Diana, seine Witwe, schwer krank war. Terrys Söhne Sullivan und Allen hatten die Ranch übernommen. Mittlerweile gab es dort ein Telefon. Der Koch von Carmen gab Maxwell die Nummer. Es dauerte mehrere Wochen, bis er anrief. Während Maxwell mit Sullivan sprach, umklammerten seine Finger den Hörer.

»Ich kenne den Weg immer noch «, sagte Maxwell, als sie im Auto saßen, »obwohl ich fast vierzig Jahre nicht mehr dort war.«

Elisabeth hielt den Kopf aus dem Fenster und teilte sich eine Zigarette mit dem Wind. Vor ihr erstreckten sich die Chinati Mountains. Das offene Grasland der Chihuahua-Wüste. Hunderte Kakteen.

»Wie heißen die?«, fragte Elisabeth und deutete auf die mannshohen Pflanzen, deren Blätter an Helme oder stachlige Hauben erinnerten. Manche Stämme waren ineinander verwachsen, wie Liebende, die sich nie mehr trennen wollten.

»Das sind Yuccas«, sagte Maxwell.

»Sie sehen aus wie Menschen.«

Er lächelte.

»Ein schönes Land«, sagte sie.

»Ein hartes Land«, sagte er. »Alles, was hier gedeihen soll, muss zäh sein. Pflanzen, Tiere, Menschen.«

In Myrthel Spring mit seinen Hotels, Restaurants und Coffee-Shops, dem neuen Feinkostladen vergaß man leicht, dass ringsum Wildnis war.

Die Wüste war noch unbegreiflicher als das Meer, dachte Elisabeth, und dann sagte sie: »Ich bin glücklich.«

Es war ein vollkommener Moment. Die Berge, die Yucca-Armee, Maxwell, der Wind in ihrem Haar. Der Mann, den sie liebte, zeigte ihr das Land, das er liebte.

Sie waren auf der unbefestigten Straße, die zur Ranch führte. Maxwell hielt an. Unvermittelt.

»Ich will dir etwas zeigen«, sagte er. Sie stiegen aus. Er ging voran. Nach wenigen Schritten blieb er stehen. »Hier war es«, sagte er und zeigte auf den Boden. Elisabeth starrte auf die Stelle. »Ich sehe nichts«, sagte sie schließlich.

»Meine Mutter hat ein Javalina angefahren. Genau hier. Sie hat behauptet, es sei tot. Aber es war nicht tot. Ich habe gesehen, dass es noch geatmet hat.«

Er trat mit der Stiefelspitze gegen einen Stein. Staub wirbelte auf.

»Wann war das?«, fragte sie.

Er antwortete nicht.

Elisabeth berührte sanft seinen Arm. Maxwell zuckte zusammen und wandte sich ab. Sie fühlte sich schuldig, ohne zu wissen warum.

»Lass uns weiterfahren«, sagte er.

Schweigend legten sie das letzte Stück zurück. Elisabeth schaute aus dem Fenster.

Wenig später parkten sie vor dem zweistöckigen Haus aus Lehmziegeln. Eine Veranda aus dunklem Holz umfasste das Gebäude. Zwei ungleiche Schaukelstühle wippten im Wind, der eine wie neu, der andere bestimmt hundert Jahre alt. Ein Rudel Hunde stürmte bellend auf sie zu. Die Tür ging auf, ein kräftiger, großer Mann mit unnatürlich roten Wangen und grauem Schnurrbart stand im Rahmen. Die Hunde zerstreuten sich.

»Hallo«, sagte er. »Willkommen.«

Maxwell und der Mann sahen sich an, suchten den Jungen von früher im Gesicht des anderen.

Sie umarmten einander, unbeholfen, kurz.

»Das ist meine Freundin«, sagte Maxwell.

»Elisabeth«, sagte Elisabeth und streckte Sullivan ihre Hand entgegen.

Er nahm seinen Hut ab, verbeugte sich leicht.

Sullivan führte seine Gäste ins Haus, servierte Bier, Limonade und Zuckerkekse.

»Allen und meine Neffen sind für drei Tage in Dallas«, sagte er, und dann erzählte er, dass Allen bereits verwitwet war. Allens drei Söhne arbeiteten auf der Ranch. Der älteste, Griffin, hatte studiert, kümmerte sich jetzt um die Finanzen. Sie hatten harte Zeiten durchlebt, jetzt ging es wieder aufwärts.

Sullivan selbst war geschieden. Er redete, ohne Atem zu holen. Sein Blick schweifte nervös umher. Dann hielt er inne, sah Maxwell mit einem verlegenen Lächeln an.

»Du hast es richtig geschafft, was? Fernsehen und so«, sagte er. »Hab dich manchmal gesehen. Cowboy Jill, he? Und jetzt bist du hier, hast 'nen Saloon. Davon träumt jeder Cowboy. Whiskey und Frauen.« Er lachte. »Wollte vorbeikommen. Aber du weißt ja, wie das ist. Nichts als Arbeit.«

»Wie geht es deiner Mutter? Ist sie hier?«, fragte Maxwell.

»Ja. Griffins Frau ist Krankenschwester. Kümmert sich um sie. Sie sind oben. Meredith badet Mutter. Dienstag, jeden Dienstag. Mom ist ... verdammt krank.« Sullivan leerte die Bierdose, zerquetschte sie in seinen Händen. »Hey«, sagte er, »wollt ihr ein bisschen mit dem Jeep rumfahren? Kannst deiner Freundin die Ranch zeigen. Ist Terrys alter Jeep. Wir haben ihn wieder aufgemöbelt. Und wenn ihr zurück seid, grill ich uns was, und du kannst Mutter sehen, wenn du willst.«

»Habt ihr Terry hier begraben?«, fragte Maxwell.

Sullivan schüttelte den Kopf. »Haben ihn verbrannt und seine Asche auf der Ranch verstreut. Wollte er so.«

Maxwell nickte.

»Der Jeep steht hinterm Haus, Schlüssel steckt.«

Sie sahen Rinder, Pferde, wilde Truthähne und Antilopen.

Der offene Wagen bot keinen Schutz vor der Sonne.

»Du hättest deinen Hut mitnehmen sollen«, sagte Maxwell. »Braucht man hier. Sonst kriegt man 'nen Sonnenstich.«

»Das nächste Mal«, sagte Elisabeth.

Ein Baumstamm, zwei Meter dick, einen Meter hoch.

Die toten Wurzeln steckten noch in der Erde. Maxwell hielt an und sprang aus dem Jeep.

»Sie haben ihn gefällt«, sagte er, strich sachte mit der flachen Hand über das Holz, als wäre der Stamm ein schlafendes Tier, das er berühren, aber nicht wecken wollte. Oben drauf waren Namen eingeritzt: Griffin. Anthony. Bill. Fanny. Neben Fanny ein Herz und eine Blume.

Elisabeth stand abseits, sagte nichts, fragte nichts. Sie zündete sich eine Zigarette an und sah dem aufsteigenden Rauch hinterher.

»Hier haben sie mich aufgeknüpft«, sagte Maxwell.

Elisabeth erinnerte sich an die Geschichte. Eine der vielen Geschichten, die vielleicht wahr waren, vielleicht auch nicht. Sie sagte nichts, fragte nichts, schaute in die Ferne.

»Komm«, sagte Maxwell.

Er kniete vor dem Baumstamm, sie stellte sich hinter ihn, berührte vorsichtig seine Schulter. Maxwell zog ein kleines Klappmesser aus seiner Hosentasche.

E + M schnitzte er in das Holz.

Er sah Elisabeth an und lächelte.

Dann nahm er ihre Hand und führte sie zurück zum Jeep.

»Hier«, sagte er und setzte ihr seinen Hut auf den Kopf.

Vor dem Haus hatte Sullivan einen Grill aufgestellt. Fünf Hunde lagen auf dem Boden, die Köpfe auf den Vorderpfoten ruhend, die Augen auf die Burger gerichtet.

Neben Sullivan stand eine hübsche junge Frau mit

schulterlangem blonden Haar und einem gewölbten Bauch.

»Ich bin Meredith«, sagte sie und schüttelte zuerst Elisabeths, dann Maxwells Hand.

»Könnt schon mal reingehen. Essen ist gleich fertig«, sagte Sullivan.

Der Tisch war gedeckt. Meredith verteilte die Getränke und plapperte fröhlich drauflos. Sie habe noch nie einen Schauspieler persönlich kennengelernt, aber sie sei mal auf einem Konzert von George Strait gewesen, habe sogar ein Autogramm von ihm bekommen. Lange her. In Austin. Da hatte sie auch Griffin kennengelernt. Meredith deutete auf ihren Bauch. Schwanger. Schon wieder. Vierter Monat. Mädchen. Zwillinge. In Los Angeles sei sie noch nie gewesen. Hollywood, das müsse furchtbar aufregend sein. Ob Maxwell sich nicht langweilen würde in Myrthel Spring. Zumindest ein bisschen habe sich ja getan, in letzter Zeit. Die ganzen Restaurants und Hotels. Und jetzt sein Saloon. Griffin habe versprochen, sie vor der Geburt noch einmal auszuführen. Sie lachte. Ob man im White Buffalo tanzen könne? Sie tanze so gerne. Und es gebe so wenige Gelegenheiten.

Dann kam Sullivan mit den Burgern.

»Ich hoffe, ihr habt Hunger«, sagte er.

Später, als alle Burger vertilgt waren und viele Dosen Bier geleert, ging Maxwell die Treppe hinauf.

Nichts hatte sich verändert. Im Flur hing dieselbe Fotografie wie damals. Schwarz-weiß. Ein junger Harold Finsher mit Terry auf dem Arm. Beide lachen in die Kamera.

Maxwell blieb einen Moment stehen, strich mit zwei Fingern über das Gesicht des Kindes. »Onkel Terry«, sagte er leise und ging weiter bis zur letzten Tür auf der linken Seite.

Dianas Haare, die sie früher in einem langen geflochtenen Zopf getragen hatte, waren abgeschnitten. Ihr Körper ausgemergelt, die Haut trocken, fleckig. Wie ein zerbrechliches Vögelchen in einem viel zu großen weißen Nest sah sie aus.

Sie lächelte. In ihren trüben Augen die alte Gutmütigkeit. »Maxwell«, sagte sie.

»Diana.« Er setzte sich auf den Stuhl neben ihrem Bett. Ihre zittrige Hand griff nach seiner.

»Wir haben jeden Tag an dich gedacht. Terry und ich«, sagte sie mit schwacher Stimme. »So ein lieber Junge warst du. Ein lieber Junge.«

»Ich habe auch an euch gedacht.«

Sie seufzte. »Und jetzt bist du zurückgekommen.«

»Ja«, sagt er.

»Terry ... Er ... er hätte euch nicht wegschicken sollen. Ich ... ich habe ... Es tut mir so leid.«

»Das muss dir nicht leidtun. Mir tut es leid, was meine Mutter ...«

»Ich habe Terry gesagt, dass ich es aushalten kann. Man kann viel aushalten, wenn man jemanden liebt.«

Maxwell nickte.

»Liebst du jemanden?«

»Ja. Ich glaube schon.«

»Das ist gut.« Diana schloss einen Moment die Augen, öffnete sie wieder. »Hast du Terry schon gesehen?«

»Aber ...«

»Er hat mich so lange nicht mehr besucht«, sagte sie.

Maxwell streichelte Dianas Hand. »Er arbeitet zu viel.«

»Ja«, sagte Maxwell.

»Manchmal kommt er mitten in der Nacht und legt sich neben mich. Und wenn ich morgens aufwache, ist er schon wieder fort.«

»Er ist schon immer sehr früh aufgestanden«, sagte Maxwell.

Diana hob den Kopf. »Ich glaube«, flüsterte sie, »er ist böse auf mich, weil ich mir die Haare abgeschnitten habe. Er hat die langen Haare so sehr gemocht.«

»Nein«, sagte Maxwell. »Er ist nicht böse auf dich.«

»Hat er dir das gesagt?«, fragte sie hoffnungsvoll.

»Ja.«

27

Jack Daniel's

Es war Sommer. Fast ein halbes Jahr war seit der Eröffnung des Saloons vergangen. Zwischen heißen Tagen und kühlen Nächten hatten die zwei Bewohner des kleinen gelben Hauses ihren Rhythmus gefunden. Sie frühstückten gemeinsam im Carmen's. Dann trennten sich ihre Wege. Er ging in den Saloon und sie spazieren.

Das White Buffalo war sieben Tage die Woche von mittags bis Mitternacht geöffnet. Und Maxwell, Cowboy Jill, eine Touristenattraktion.

Die *hippies* und *gypsies*, *bohemians* und Freigeister kamen jetzt nicht nur wegen Glenn Winstons Buch, sondern auch wegen Cowboy Jill. Um seine Geschichten zu hören, einen Whiskey mit ihm zu trinken und ein Foto mit ihm auf Instagram zu posten.

In Gruppen pilgerten sie erst zu Glenns Haus, das auf einem eingezäunten Grundstück stand und von der Straße aus nicht zu sehen war. Fotografierten sich vor dem verschlossenen Tor und hofften vergeblich auf eine Begegnung mit dem Dichter, dessen Werk sie erleuchtet hatte. Dann marschierten sie weiter zum White Buffalo. Wie uniformiert sahen sie aus in ihren sorgfältig zusammengestellten Desert-Outfits. Die Frauen trugen viel Chiffon, Cowboystiefel, große Sonnenbrillen und Hut.

Die Männer Jeans, Cowboystiefel, Bart, kleine Sonnenbrillen und Hut.

Maxwell gab jedem von ihnen das Gefühl, etwas Besonderes zu sein. Er flirtete mit den Frauen und verbrüderte sich mit den Männern, erzählte die immergleichen Geschichten mit dem immergleichen Enthusiasmus.

Wenn eine Frau, durch seine Komplimente beflügelt, ihren Rock ein wenig höher zog und mit gekonntem Augenaufschlag fragte: »Bist du mehr ein Schauspieler oder ein Cowboy?«, lachte Maxwell und antwortete: »Zuerst war ich ein Cowboy, bin hier aufgewachsen, auf der Finsher-Ranch. Dann brauchte ich Geld.«

Elisabeth lief jeden Tag stundenlang durch Myrthel Spring, ziellos, und dachte über die Zukunft nach. Jayden hatte angeboten, sie weiterhin zu bezahlen, damit sie sich finanziell keine Sorgen machen musste. Sie hatte abgelehnt. Geld brauchte sie nicht, sie brauchte eine Aufgabe.

Viele Tänzer unterrichteten nach ihrer aktiven Karriere. Elisabeth hatte es versucht, in Los Angeles. Es war eine Sache, etwas zu können, eine ganz andere war es, dieses Können zu vermitteln.

Erst wenn die Schmerzen im Knie unerträglich wurden, hielt sie inne und besuchte Ruby.

Ruby war eine Freundin geworden. Sie hatte fünf Kinder und keinen Mann. Vor zwei Jahren hatte ein Großonkel ihr sein Haus in Myrthel Spring vermacht. Sie nannte es Schicksal. Gerade war die Scheidung – ihre dritte – durch gewesen und Lindale in Smith County, Texas nur noch ein Ort voll trauriger Erinnerungen, als sie von ihrer Erbschaft erfuhr. Ruby packte ein paar

Sachen, die fünf Kinder und die Katze in den Suburban, kündigte ihren Job am Telefon und fuhr nach Westen.

Sie war Friseurin, die einzige in Myrthel Spring, abgesehen von Jimbo, dem Barbier, der für zehn Dollar jedem Mann den gleichen Schnitt verpasste.

Anfangs machte Ruby Hausbesuche, vor einem Jahr hatte sie umgebaut und angebaut. Das alte Wohnzimmer war jetzt ein Friseursalon.

Nach einem ihrer Märsche hatte Elisabeth sich von Ruby die Spitzen schneiden lassen. Die beiden Frauen hatten sich gleich so gut verstanden, dass Elisabeth bis zum Abend geblieben war.

Elisabeth bewunderte Ruby. Fünf Kinder, ein Geschäft. Alles schien ihr leicht von der Hand zu gehen.

Ruby bewunderte Elisabeth. Eine Ballerina. Eine richtige Ballerina, die zwei Sprachen beherrschte.

»Ich bin keine Ballerina mehr«, hatte Elisabeth gesagt.

»Oh doch«, hatte Ruby protestiert. »Wenn ich morgen aufhöre, Haare zu schneiden, weil mir die Hände abfallen, bin ich trotzdem noch eine Friseurin, oder?«

»Vielleicht.«

Ruby hatte ihre fünf Kinder zusammengetrommelt – das jüngste drei Jahre alt, das älteste elf.

»Das ist Elisabeth«, hatte Ruby gesagt. »Sie kommt aus Deutschland, das ist weit weg. Elisabeth ist eine Ballerina.«

Vier Kinder hatten große Augen gemacht, eins in die Hände geklatscht.

»Wie weit weg ist das, wo du herkommst?«, hatte Aiden gefragt.

»Sehr weit weg.«

»So weit weg, von wo wir herkommen?«

»Viel, viel weiter.«

»Wie weit mit dem Auto?«

»Man kann nicht mit dem Auto dort hin. Man muss fliegen oder mit dem Schiff fahren. Ich bin auf einem Schiff gekommen«, hatte Elisabeth gesagt.

Aiden hatte nach Luft geschnappt. »Auf 'm Schiff? Gehört dir das Schiff?«

»Nein, gehört mir nicht.«

»Ballerina. Ballerina«, hatte Grace gerufen und sich in Elisabeths Arme geworfen.

Eine Ballerina, die auf einem Schiff gekommen war und eine geheime Sprache beherrschte. Für Rubys Kinder war Elisabeth eine Märchengestalt.

Fast jeden Tag brachte Elisabeth den Kindern ein deutsches Wort bei und klatschte, wenn Grace und Avery ihr etwas vortanzten.

»Ist das wie Ballett?«, fragten sie nach jeder Vorstellung.

»Ja«, sagte Elisabeth. »Das ist wie Ballett.«

Ruby schien der einzige Mensch zu sein, der sich nicht für Maxwell interessierte. »Ich war mit 'nem Cowboy verheiratet, brauch ich nicht mehr in meinem Leben. Und hab mit 'nem Schauspieler gevögelt, war nicht wirklich berühmt oder so. Niemand, der wirklich berühmt ist, kommt nach Lindale. Brauch ich auch nicht mehr. Vielleicht hab ich einfach die Schnauze voll von Männern. Ich meine, manchmal vermisse ich es, dass jemand nachts neben mir liegt, also nicht die

Kinder oder die Katze. Aber den ganzen Scheiß tu ich mir so schnell nicht noch mal an. Brauch ich wirklich nicht mehr.«

Es war ein heißer Julinachmittag, ein Donnerstag. Ruby schloss die Tür ab. Von zwei bis drei machte sie Pause.

Elisabeth saß auf einem der zwei Sessel. Das lange Kleid hochgezogen, einen Packen Eiswürfel auf dem geschwollenen Knie.

»Hey, Roadrunner«, sagte Ruby, »musst 'n bisschen kürzer treten.«

»Scheint so«, sagte Elisabeth. »Aber ich habe heute einen Entschluss gefasst. Bis zum Ende des Jahres muss ich wissen, was ich mit dem Rest meines Lebens machen will.«

»Du bist sehr streng mit dir«, sagte Ruby ernst.

Elisabeth sah sie fragend an. »Was meinst du damit?«

»Ich weiß nicht, aber du ... du hast schon so viel gemacht in deinem Leben. Du hast in New York getanzt. Du sprichst zwei Sprachen. Du ... du hast für diesen Jayden gearbeitet.«

»Das ist Vergangenheit«, sagte Elisabeth.

»Ja. Aber am nächsten Tag ist alles Vergangenheit ... Ich meine ja nur. Du hast doch schon was geschafft in deinem Leben. Der Rest wird sich finden.«

»Danke«, sagte Elisabeth.

Als die erste Nachmittagskundin kam, verließ Elisabeth den Friseursalon und humpelte zum White Buffalo.

Zuzu stand hinterm Tresen, aus den Boxen drangen *The Crystals*.

»Der Boss ist draußen«, sagte Zuzu, und dann sang sie mit LaLa, Barbara und Darlene im Chor:

»I didn't know just what to do
So I whispered, ›I love you‹
And he said that he loved me too
And then he kissed me.
He kissed me in a way
That I've never been kissed before
He kissed me in a way
That I wanna be kissed forever more …«

Elisabeth war stehen geblieben. »Gute Stimme«, sagte sie.

Zuzu lächelte verwirrt, jedes Kompliment von Elisabeth schien sie zu irritieren. Elisabeth achtete darauf, ihr mindestens ein Kompliment pro Tag zu machen.

Etwa acht Leute saßen an einem Tisch, am Kopfende Maxwell. Alle Augen waren auf ihn gerichtet. Er erzählte, wie er als Zehnjähriger bei Carmen seinen ersten Jack Daniel's getrunken hatte. Und wie Terry und die anderen Cowboys darauf gewartet hatten, dass er den Whiskey ausspucken würde. Maxwell hatte das Glas in einem Zug geleert und dann gesagt: »Noch einen.«

Die Frauen in Chiffon und die bärtigen Männer lachten. Elisabeth stand neben Maxwell und wartete, bis er zu Ende erzählt hatte.

»Das ist meine Freundin«, sagte er zu seinem Publikum.

»Elisabeth«, sagte Elisabeth.

»Hallo«, sagte die Gruppe.

Maxwell zog einen Stuhl heran. »Was willst du trinken?«

»Bier«, sagte Elisabeth.

»Und was wollt ihr? Ich geb einen aus.«

»Jack Daniel's«, sagten die anderen unisono. Das Getränk des Helden.

Während Maxwell am Tresen war, fragte einer der Bärtigen Elisabeth, wo sie herkomme.

»Deutschland«, sagte sie. »Aber ich lebe schon lange in Amerika.«

»Und was machst du so?«

»Ich ... Im Moment ... Ich war beim Ballett. Dann musste ich aufhören. Mein Knie ... Und dann habe ich in Los Angeles für eine Art PR-Agentur gearbeitet. Also ... Und jetzt mal schauen.«

»Scheint so 'n Ding zu sein. Balletttänzer und kaputte Knie«, sagte er. »Hab mal 'ne Doku gesehen.«

Elisabeth nickte. So 'n Ding. Schmerzen, weitermachen, weiter, weiter, bis es nicht mehr geht. Was wusste dieser Typ schon? Als sie es nach der letzten Operation noch einmal versucht hatte, aber nicht mehr abheben konnte ... Wie ein Vogel mit einem verkrüppelten Flügel. Und was ist ein Vogel, der nicht fliegen kann? So 'n Ding.

»War echt 'ne coole Doku«, sagte der Bärtige.

Maxwell und Zuzu kamen mit den Getränken. Der Bärtige wandte sich ab.

»Hier, Boss«, sagte Zuzu und stellte das Tablett auf den Tisch.

»Super Barkeeperin«, sagte jemand.

»Ja. Zuzu ist eine Waffe«, sagte Maxwell.

»Hast du eigentlich mal Glenn Winston getroffen?«, fragte eines der Chiffon-Mädchen.

»Nein, aber meine Freundin kennt ihn«, sagte Maxwell und legte seinen Arm um Elisabeths Schultern.

Jetzt sah die Runde sie an.

»Kennen ist übertrieben. Ich habe ihn ein Mal getroffen.«

»Und wie ist er so?«

»Nett. Sehr nett. Er hat einen Hund, der Wilson heißt.«

»Was hat er so gesagt?«

»Hmm. Er hat gesagt, ich klinge wie Marlene Dietrich.«

»Wie wer?«, fragte das jüngste Chiffon-Mädchen.

»Marlene Dietrich.«

»Was hast du ihn gefragt? Ich meine über sein Buch. Ich hätte ihm tausend Fragen gestellt.«

»Ich habe es nicht gelesen«, sagte Elisabeth.

Enttäuschung in den Augen der Chiffon-Mädchen.

Nach und nach füllte sich der Saloon. Maxwell schlenderte von einem Grüppchen zum nächsten. Zündete draußen ein Feuer an, als es dunkel wurde.

Elisabeth spielte Gin mit den Brüdern Paul und Travers, die den Coffee-Shop betrieben. Ab und zu hörte sie Maxwells Stimme. Fetzen seiner Geschichten.

Ein Abend wie so viele im White Buffalo. Um Punkt Mitternacht, die Gesetze waren streng, wurden die Gäste hinauskomplimentiert.

An manchen Abenden sagte Maxwell: »Lass uns auch nach Hause gehen.« Meistens aber wollte er bleiben. Noch einen Whiskey trinken. Aus einem wurden oft drei. Während eine der Barkeeperinnen aufräumte und Geld zählte, ließ er den Abend Revue passieren.

»Puh«, machte Maxwell, als er die Tür von innen abgeschlossen hatte.

»Darling, gieß mir einen Jack Daniel's ein.«

»Ja, Boss«, sagte Zuzu.

»Du auch?«, fragte er Elisabeth.

»Nein, ich hol die Gläser rein.«

Sie ging nach draußen in den Innenhof. Das Feuer war erloschen. Ihr Knie pochte. Sie bewegte sich langsam. Sammelte Gläser und Flaschen ein. Ein Miauen. Ein lautes Miauen.

Es kam aus den zwei Meter hoch und acht Meter breit gestapelten Holzscheiten.

Miau. Miau.

Elisabeth leuchtete mit dem Feuerzeug, aber das Brennholz war zu dicht gesteckt.

»Komm, Kätzchen. Komm da raus«, sagte sie.

Das Kätzchen miaute nur.

Elisabeth ging wieder hinein.

»Da ist eine Katze hinter den Holzscheiten. Sie miaut.«

»Und?«, fragte Maxwell.

»Ich glaube, sie ist eingeklemmt.«

»Nein. Sie versteckt sich bloß.«

»Kannst du nicht nachschauen?«

Maxwell stand seufzend auf. Elisabeth folgte ihm. Das Miauen hatte aufgehört.

»Wo?«, fragte Maxwell.

»Hinter den Holzscheiten. Ungefähr da.«

»Ich höre nichts«, sagte er.

»Warte.«

Da war es wieder. Miau. Miau.

»Die hat sich nur versteckt«, sagte er.

»Kannst du die Scheite nicht verrücken, damit ...«

»Es ist mitten in der Nacht. Das fällt zusammen, wenn ich dran rumzerre. Ich guck morgen früh nach, okay? Der Katze geht es gut.«

Elisabeth sah ihn kurz an, dann humpelte sie los. Sammelte weiter Gläser und Flaschen ein.

»Elisabeth«, sagte er. »Ich schaue morgen nach.«

28
Walfische

Maxwell lag auf der Couch und versuchte, sich einen runterzuholen. Es ging nicht. Das Bild der toten Katze in Elisabeths Händen vertrieb das andere, das er sich so sorgfältig zurechtgelegt hatte: Drei nackte Frauen. Namenlose Geschöpfe mit riesigen Brüsten, die »Fick mich« schrien.

Es war schon viele Wochen her, dass Elisabeth die Holzscheite weggerissen und die tote Katze gefunden hatte. Verziehen hatte sie ihm noch immer nicht.

Sie sagte nichts, nein. Sie machte ihm auch keine Vorwürfe.

Ihr Knie hatte an dem Tag so wehgetan, dass sie im Bett geblieben war.

»Schau nach der Katze«, hatte sie gesagt.

»Mach ich.«

»Vergiss es nicht.«

»Neeeiiin.«

Er hatte es nicht vergessen. Nicht sofort jedenfalls. Er war zu den Holzscheiten gegangen. Ein leises Miauen. Als er noch überlegt hatte, wie er das Brennholz am besten abtragen konnte, waren die ersten Gäste gekommen. Der Saloon war schon am Mittag proppenvoll gewesen. Eine Frau von der französischen *Vogue* hatte Maxwell interviewt. Eine Band aus Austin hatte gespielt. Die Nacht war lang gewesen. Nach Feierabend hatte er mit Hannah und Zuzu noch ein paar Whiskeys getrunken. Erst um zwei Uhr morgens hatte er das White Buffalo verlassen. An die Katze hatte er nicht mehr gedacht.

Als er nach Hause gekommen war, schlief Elisabeth bereits.

»Was ist mit der Katze?«, waren ihre ersten Worte am nächsten Morgen gewesen.

»Ich ... ich mach es gleich. Gestern war die Hölle los.«

»Ich komme mit«, hatte sie gesagt, war in Sekundenschnelle in ihr Kleid geschlüpft und mit ungekämmten Haaren zum Truck gehumpelt.

Acht Minuten dauerte die Fahrt.

Maxwell hatte aufgeschlossen, Elisabeth war an ihm vorbei gestürmt.

Ein Holzscheit nach dem anderen hatte sie vom Stapel gerissen. Splitter in ihren Fingern. Der rechte Daumen blutig. Als der Stoß noch einen Meter hoch war, hatte sie sich vorgebeugt und hinter die verbliebenen Scheite gegriffen.

Das Kätzchen war winzig, wahrscheinlich nur wenige Wochen alt. Weiß, mit braungetigertem Bauch. Das Kätzchen war tot.

Elisabeth hatte es Maxwell entgegengestreckt.

»Es tut mir leid«, hatte er gesagt.

Sie hatte genickt. »Ich werde es begraben. Tschüss. Bis später.«

»Elisabeth, soll ich mitkommen?«

»Nein.«

Sie war gegangen. Das Kleid schmutzig, die Arme verschrammt, ein totes Tier in ihren Händen.

Elisabeth hatte nie wieder darüber gesprochen, aber er konnte es in ihrem Blick sehen. Sie hatte ihm nicht verziehen.

Maxwell schaltete seinen Laptop an. Suchte im Internet nach Bildern, die seinen Schwanz hart machen würden.

Seit der Eröffnung des White Buffalo schliefen sie nur noch selten miteinander. Es lag an ihm. Zu viel Jack Daniel's. Vielleicht war es auch das Alter. Oder beides zusammen. Als er das letzte Mal eine blaue Pille geschluckt hatte, hatte er sich die Seele aus dem Leib gekotzt, noch bevor irgendetwas passieren konnte. Jeden Tag nahm er sich vor, auf seinen Whiskey zu verzichten. Aber es gab immer jemanden, der unbedingt ein Glas mit ihm trinken wollte, der ihm einen ausgeben wollte. Sie kamen von so weit her, um mit ihm anzustoßen, seine Geschichten zu hören, ein Foto mit ihm zu machen. Er konnte es ihnen schlecht ausschlagen.

Manchmal, wenn er tagsüber alleine zu Hause war, sich ein paar Stunden vom Saloon freinahm, holte er sich einen runter. Es war einfach gewesen, bis zu der Sache mit der Katze. Bis sich Elisabeths Blick verändert hatte.

Er schaute sich ein Video an. Eine Asiatin mit gigantischer Oberweite, die sich einen gigantischen pinken Dildo reinschob. Kurz bevor Maxwell kam, klingelte das Telefon.

Braxton saß in sich zusammengesunken auf dem Sofa. Obwohl die Putzfrau jeden Tag kam, stank es immerzu nach Hundepisse, waren alle 53 Kissen im Haus mit schwarzen, braunen, weißen, kurzen und langen Haaren bedeckt. Achtzehn Hunde, das war zu viel.

Drei tote Augenpaare, die sehr lebendig aussahen, starrten Braxton an. Die Trophäen eines Großwildjägers aus Santa Barbara. Charlotte hatte die Anzeige seiner Tochter im Internet gefunden.

Am nächsten Tag hatte Braxton Charlotte nach Santa Barbara chauffiert. 150 Meilen. Er hasste es, lange Strecken zu fahren. Noch mehr hasste er es aber, wenn Charlotte hinter dem Steuer saß.

»Jetzt kaufen wir meinen Löwen«, hatte Charlotte gesagt. »Wollen Sie fahren oder soll ich?«

»Ich fahre«, hatte Braxton in ungewohnt bestimmtem Ton geantwortet.

Die Tochter des Jägers sah wie Janis Joplin aus. Ein lilafarbener Overall. Unzählige Ketten aus Türkissteinen und Glasperlen. Die langen fettigen Haare in der Mitte gescheitelt. Um den Kopf ein Stirnband. Die Pupillen geweitet.

»Hey, ich bin Monica«, sagte sie. »Wir haben telefoniert. Kommen Sie rein.«

In dem weitläufigen Wohnzimmer waren die Trophäen ihres Vaters ausgestellt.

Ein Leopard, ein Zebra, der Kopf eines Büffels. Ein Adler mit ausgestreckten Flügeln, eine afrikanische Goldkatze, zwei Kobras, eine Schneeeule und ein Löwe.

»Vieles ist schon weg, verkauft. Aber den Löwen hab ich für Sie reserviert … Daddy war ein Arschloch.«

Braxton stand in einer Ecke, die Arme hinter dem

Rücken verschränkt. Rührte sich nicht. Während Charlotte von einem Tier zum anderen ging und schließlich vor dem Löwen stehen blieb und seine Mähne streichelte.

»Wie viel?«, fragte sie.

Monica zuckte mit den Schultern. »Weiß nicht. Zweitausend. Ist sehr viel mehr wert. Aber ich bin froh, wenn es weg ist. Ich find's gruselig.«

»Und das Zebra?«, fragte Charlotte.

Braxton hustete.

»Auch zweitausend«, sagte Monica nach kurzem Überlegen.

»Ich ... ich dachte, Sie wollen einen Löwen?«, warf Braxton ein.

»Ja. Und das Zebra. Und die Eule.«

Der Butler senkte den Kopf.

»Viertausend, und Sie bekommen den Löwen, das Zebra und die Eule«, sagte Monica.

Charlotte zog ihr Scheckbuch aus der Tasche. »Die Eule nehmen wir gleich mit. Ende der Woche kommt ein Spediteur und holt meinen Löwen ab und das Zebra.«

Charlotte nahm die Eule vom Klavier und drückte Monica den Scheck in die Hand.

Der Vogel lag auf der Rückbank. Immer wieder drehte Charlotte sich um und lächelte.

»Oh, Braxton, ich liebe Tiere«, sagte sie und legte die rechte Hand auf ihr Herz. »Es schlägt schnell, Braxton. Ich freue mich.«

»Aber Mrs. Foreman. Die Eule und der Löwe und das Zebra sind tot.«

»Ja, aber man kann auch tote Tiere lieben. Und wir haben ja die Hunde. Die Hunde sind lebendig. Ich liebe alle Tiere. Bibo, mein erster Hund … Ich liebe ihn noch immer, obwohl er tot ist.«

»Wie Sie meinen, Mrs. Foreman«, sagte Braxton. Seine Hände zitterten. Er sollte nicht mehr fahren.

Die Eule saß auf dem Kaminsims. Der Löwe stand neben der Chaiselongue und das Zebra eingekeilt zwischen zwei Mahagonischränken.

Braxton griff zum Telefon.

»Ja?«, fragte Maxwell. Er war außer Atem.

»Hier ist Braxton.«

»Braxton, was gibt's?«

»Ich hoffe, ich störe Sie nicht. Ihre Mutter ist fort.«

»Was heißt das, sie ist fort?«

»Vor fünf Tagen ist sie … Sie hat einen Brief hinterlassen. Ich … ich lese Ihnen den Brief vor.« Der Butler räusperte sich. »Braxton, ich liebe Tiere nicht. Es ist alles so langweilig. Ich bin weg. Charlotte.«

»Was soll das heißen: ›Ich liebe Tiere nicht‹?«, fragte Maxwell.

»Mrs. Foreman hat in letzter Zeit ein paar Hunde gekauft und ein paar ausgestopfte Tiere. Aber … Ich weiß es nicht. Ich … ich dachte, sie würde zurückkommen. Aber jetzt sind es schon fünf Tage.«

Maxwell seufzte. »Sie ist eine erwachsene Frau. Sie kann gehen, wohin sie will. Sie wird schon zurückkommen.«

»Wie Sie meinen, Mr. Foreman.«

»Hat sie ihr Telefon nicht mitgenommen?«, fragte Maxwell.

»Nein. Nur das Auto. Und sie … sie ist so eine schlechte Fahrerin.«

»Ich weiß«, sagte Maxwell. »Machen Sie sich mal keine Sorgen.«

»Wie Sie meinen, Mr. Foreman.«

Maxwell drückte auf Beenden. Dann klappte er den Laptop zu, schloss seine Hose. Er hatte keine Lust mehr, sich einen runterzuholen.

Elisabeth saß am Grab der Katze, in ihrem Schoß ruhte der Kopf des Hirtenhundes, neben ihr hockte Glenn.

Sie war mit dem toten Kätzchen in den Händen den Highway entlang gelaufen – weiter und immer weiter, vorbei an Glenn Winstons Haus, vor dem sich gerade zwei tätowierte Mädchen fotografiert hatten.

Als Elisabeth in einen Schotterweg abgebogen war, der vielleicht irgendwo, vielleicht nirgendwo hinführte, hörte sie ihren Namen.

»Elisabeth.«

Der Dichter und der Hund. Er hatte sich ihren Namen gemerkt.

»Hier kommt eigentlich niemand hin«, hatte Glenn gesagt. »Der Weg führt zu meinem Grundstück. Eine Hintertür. Hintertüren sind wichtig.«

»Die Katze ist tot«, hatte Elisabeth gesagt und ihm das Kätzchen hingehalten.

»Wollen wir sie begraben?«

Elisabeth hatte genickt.

Sie hatten das Tier hinter Glenns Haus beerdigt.

»Es ist nicht mal die Katze«, hatte Elisabeth gesagt. »Es ist nur, wenn man ... wenn man ... Man muss mit den Dingen vorsichtig umgehen. Sonst gehen sie verloren.«

»Das stimmt.«

Elisabeth hatte sich ein paar Tränen aus den Augen gewischt.

»Ich habe dein Buch nicht gelesen.«

»Ich weiß. Das hast du mir schon bei unserer ersten Begegnung erzählt.«

»Aber ich werde es lesen.«

Glenn hatte gelacht. »Das musst du nicht. Das Wichtigste kann ich dir erzählen.«

»Ja?«

»Alles, alles ist vergeblich.«

»Also soll man gar nichts machen«, hatte Elisabeth gefragt, »wenn alles vergeblich ist?«

Glenn hatte den Kopf geschüttelt.

»Es ist eher so, als würde man ein Schiff bauen. Man stellt sich eine elegante Yacht vor. Man werkelt und hämmert, und am Ende hat man ein Floß. Damit kann man keinen Ozean durchkreuzen, aber ein bisschen rumpaddeln. Man dreht sich im Kreis, und am Ende landet man dort, wo man in See gestochen ist.«

»So«, hatte Elisabeth gesagt und gelacht.

»Einige behaupten: ›Das ist kein Floß, das ist eine Yacht. Schau doch genau hin. Es ist eine Yacht.‹ Andere zerhacken ihr Floß und machen sich erneut ans Werk, und, tata, wieder nur ein Floß. Vielleicht etwas größer, etwas stabiler, aber trotzdem nur ein Floß. Wieder andere bleiben an Land, weil sie so enttäuscht sind von ihrem Floß.«

»Und was soll man machen?«, hatte Elisabeth gefragt.

»Jeden Tag sein Floß ins Wasser ziehen und ein bisschen rumpaddeln. Vielleicht schwimmt eines Tages ein Walfisch vorbei. Was für ein glorreicher Moment.«

»Und das steht in deinem Buch?«

»Vielleicht. Wer weiß? Das Meiste habe ich vergessen.«

»Kann ich ab und zu vorbeikommen und der Katze eine Blume aufs Grab legen?«

»Wann immer du willst. Du weißt ja jetzt, wo die Hintertür ist.«

Und Elisabeth kam fast jeden Tag. Sie blieb eine Stunde oder zwei.

Saß mit dem Dichter und dem Hund vor dem kleinen Erdhügel.

»Wilson und ich werden morgen auf eine Reise gehen. Ich weiß nicht, wie lange ich fort sein werde, aber die Hintertür steht für dich offen«, sagte er.

»Wo gehst du hin?«

»Nur ein bisschen die Beine vertreten. Rumpaddeln. Ein neues Myrthel Spring finden.«

»Du wirst mir fehlen«, sagte Elisabeth.

»Du mir auch. Vielleicht werde ich eine Geschichte über dich schreiben.«

»Mach das«, sagte sie.

»Dann erzähl mir von deinem Walfisch!« Glenn brach in Gelächter aus. »Entschuldige, ich habe nur gerade gemerkt, dass ich alt geworden bin. Früher hätte ich gesagt: ›Ich traf sie auf den Straßen Myrthel Springs. Sie

262

war eine Ballerina. Etwas Fremdes färbte ihre Worte. Sie lag in meinem Garten. Als ich meine Hand unter ihren Rock schob ...‹ So habe ich es früher gemacht«, sagte er. »Aber das ist Vergangenheit. Also Elisabeth, erzähl mir von deinem Walfisch.«

Sie dachte kurz nach.

»2003. Die Premiere von *Don Quichotte*. Ich hatte nur ein kleines Solo ...« Sie hielt inne. »Nein. Als Maxwell mich zum ersten Mal berührt hat.«

»Man kann mehrere Walfische haben. Einen Mann ... einen Tanz«, sagte der Dichter.

»Steht das auch in deinem Buch?«

»Wer weiß«, sagte er und lachte.

29
Echo

Annegret saß auf dem Bett, eine Decke um die Schultern, und betrachtete ihre Gäste. Tote waren angenehme Gäste, man musste sich nicht für sie zurechtmachen, keinen Wein einschenken. Und sie nahmen nur wenig Platz in Anspruch. Manche kannte sie gut: Alfred, Dora und Friedrich. Der kleine Poldi, der auf dem Boden spielte. Emil, ein Buch in der Hand. Bernd, am Fensterrahmen lehnend, neben ihm der grausame Beschützer. Drei sandfarbene Hunde zu seinen Füßen. Mutter und Vater. Sebastian. Die stumme Ines. Die Großeltern. Andere hatte sie nie getroffen – Nicolajs Großmutter, die ihren Sohn Andrej auf den Straßen Petrograds zur Welt gebracht hatte, oder Jelisaweta, die Ballerina.

Die Worte der Toten klangen wie ein Lied. Sie waren nicht gekommen, um Annegret zu holen. Sie waren hier, weil es Annegret nicht gegeben hätte ohne sie, weil Annegrets Geschichte eine andere gewesen wäre ohne sie.

So sangen sie: »Schau, wie bedeutend du bist, Annegret. Schau, wie unbedeutend du bist. Ein winziger Teil von allem.«

Jeder dieser Toten hatte seine eigenen Toten, und eines Tages würde Annegret bei ihnen sitzen, am Bett einer alten Frau, deren Haar jetzt noch nicht ergraut war.

»Ich will nicht. Ich will nicht. Ich will nicht.« Elisabeth wiederholte diesen einen Satz. Wie ein Mantra. Sie hatte Angst. Schreckliche Angst.

Ständig sagte jemand: »Gratuliere, das ist so toll«, und sie wollte sagen: Es ist nicht toll, ich habe Angst.

»War es geplant?«, fragten die Leute.

Nein, war es nicht. Elisabeth hatte die Pille ein paar Mal vergessen, aber sie schliefen so selten miteinander, dass ihre Schwangerschaft einem Wunder glich. Sie war allein mit ihrer Angst.

Maxwell freute sich. Sie hatte ihn noch nie so glücklich gesehen. Ununterbrochen redete er von seinem Sohn. Obwohl noch gar nicht klar war, ob es ein Mädchen oder ein Junge sein würde. Eine ganze Zukunft hatte Maxwell sich für sein Kind erträumt. Wie sollte er Elisabeths Angst verstehen?

Ruby hatte ihr erklärt, das seien die Hormone. »Glaub mir, das wird bald alles besser.«

»Hattest du auch Angst?«

»Ich hab viel geheult und gekotzt. Bei allen fünf. Das legt sich nach den ersten drei Monaten.«

»Mir ist ständig schlecht.«

»Ja.«

»Und ich habe Hunger. Die ganze Zeit.«

»Ja.«

»Ich weiß nicht, ob ich das kann.«

»Was?«, hatte Ruby gefragt.

»Ein Kind haben.«

»Natürlich kannst du. Das passiert alles von allein. Ist in uns drinnen.«

265

Und so sagte sich Elisabeth: Das sind nur die Hormone, nur die Hormone. Die Angst blieb, schwoll an, wie ihre Beine.

»Und wovor genau hast du Angst?«, hatte Jayden sie am Telefon gefragt.

Sie konnte es nicht erklären.

»Vor den Schmerzen?«

»Ich ... Nein.«

»Was ist es dann?«

»Ich weiß es nicht.«

»Vielleicht kann der Arzt dir etwas verschreiben.«

»Vielleicht.«

Der Arzt sagte, sie solle Kamillentee trinken, ein Eisenpräparat nehmen und die Füße hochlegen. Die Angst blieb, schwoll an, wie ihre Brüste.

»Wie kann ich dir helfen?«, hatte ihre Mutter gesagt.

»Ich weiß es nicht, Mama.«

»Ich würde alles für dich tun.«

Die Angst blieb, schwoll an, wie ihr Bauch.

Elisabeth zog sich ihre Turnschuhe an und verließ das Haus.

Vor Glenns Tor tummelte sich die übliche Meute. Sie ahnten nicht, dass ihre Chance dahin war. Glenn Winston war fort und Elisabeth der einzige Mensch in Myrthel Spring, der es wusste.

Vor dem Grab der Katze ließ sie sich nieder, legte eine Hand auf ihren Bauch. Bald schon würde sie ein Kind, ihr Kind, in den Armen halten. Sie würde ihm die Geschichten vorlesen, die ihr einst ihre Mutter vorgelesen hatte.

Sie würde dem Kind von dem Löwen erzählen und von der Braut. Und dass ein Löwe immer ein Löwe bleibt. Sie würde dem Kind sagen, dass man sehr viel verlieren kann und dass es trotzdem weitergeht.

»Noch einen, Boss?«, fragte Zuzu.

Maxwell nickte.

Zuzu goss nach. Das Glas in der Hand, drehte Maxwell seine Runde.

»Hey«, sagte eine junge Frau mit langen blonden Haaren und langen braunen Beinen. »Kann ich ein Foto mit dir machen?«

»So viele du willst, Darling.«

Sie drückte einer Freundin ihr Telefon in die Hand, drängte sich dicht an Maxwell. Begutachtete das Ergebnis. Noch ein Bild. Haare über die rechte Schulter. Noch ein Bild. Das linke Bein leicht angewinkelt. Irgendwann war sie zufrieden. Küsste Maxwell zum Dank auf die Wange. Es war eine lange Nacht. Dreimal musste er die Geschichte von seinem ersten Jack Daniel's erzählen. Den Berglöwen erschießen. Immer und immer wieder.

»Puh«, machte Maxwell, als er die Tür von innen abgeschlossen hatte. Er ging hinter den Tresen, schenkte Zuzu und sich einen Whiskey ein.

»Wo ist Elisabeth?«, fragte sie.

»Zu Hause. Schläft wahrscheinlich schon.«

Maxwell hob sein Glas. »Auf die hübscheste Barkeeperin von ganz Texas.«

Zuzu hielt inne.

»Ich würde das nicht aushalten«, sagte sie.

»Was?«, fragte Maxwell.

»Dich.«

»Was meinst du?«

»Wenn ich deine Freundin wäre ... Ich würde es nicht aushalten.«

»Was aushalten?«

»Dich, Maxwell.«

Er lachte. Zuzu lachte nicht.

Braxton lag auf der rosafarbenen Chaiselongue. Zu seinen Füßen ein schwarzer portugiesischer Wasserhund. Sie hatten Freundschaft geschlossen – der Butler und der Wasserhund. Rex' Fell war feucht, tagsüber planschte er meist im Swimmingpool. Er roch ein wenig streng, aber das störte Braxton nicht. Die anderen Hunde hatte der Butler verschenkt. Mrs. Foreman, sollte sie je wiederkommen, könnte sich neue kaufen. Außerdem hatte sie geschrieben: »Ich liebe Tiere nicht.«

Zum ersten Mal in seinem langen Leben war Braxton niemandem zu Diensten. Er hatte sich einen Jogging-anzug gekauft. Der war bequemer als die maßgeschnei-derten Anzüge. Ein Zweiteiler mit Kapuze, dunkelrotes Jersey. Als Braxton sich zum ersten Mal im Spiegel be-trachtet hatte, waren Lachtränen über seine Wangen gerollt. Er sah aus wie ein Clown. Ein Witz. Es störte ihn nicht. Im Gegenteil, er würde seine alte Uniform nie wieder anziehen.

Braxtons Hörgerät lag oben auf dem Nachttisch neben seinem Bett.

Es war still.

Der braune Teppichboden war übersät mit dunklen Flecken. Generationen von Putzfrauen hatten vergeblich
versucht, sie zu entfernen. Glenn hätte sich ein besseres
Hotel leisten können, aber die schäbigen Motels, die
wie eine Hautkrankheit den Kontinent überzogen, erinnerten ihn an früher. Motels. Fettige Hot Dogs. Billiger
Wein. Züge. Lkws, die ihn ein Stück des Weges mitgenommen hatten. Einer unbestimmten Zukunft entgegen,
die jetzt Vergangenheit war.

Wilson hatte sich erbrochen. Noch ein Fleck, der bleiben würde, zumindest so lange, bis das Management sich
zur Renovierung durchringen würde.

Die Matratze war durchgelegen, Glenns Rücken
schmerzte. Wilsons kalte Schnauze berührte sein Knie.

»Keine Hot Dogs mehr für dich«, sagte Glenn und zog
sich an.

Mann und Hund umrundeten das kastenförmige Motel.
Ein Metallzaun, dahinter ein Swimmingpool. Glenn blieb
stehen. Am Rande des Beckens, fast von der Dunkelheit
verschluckt, saß eine Frau in einem langen Abendkleid.

Glenn öffnete das Tor.

»Guten Abend«, sagte er.

»Nie machen sie Wasser rein.«

Weder das dick aufgetragene Make-up noch die Nacht
konnten die Falten in ihrem Gesicht verbergen.

»Darf ich?«, fragte Glenn und deutete auf den Platz
neben ihr.

»Ja«, sagte sie.

Er setzte sich. Der Hund trabte zweimal um den
Swimmingpool, ehe er sich auf dem Boden ausstreckte.

Den Kopf auf den Pfoten ruhend, betrachtete er seinen Herrn und die Fremde.

»Ich hatte auch mal einen Hund«, sagte sie. »Er hieß Bibo. Er ist tot.«

»Das tut mir leid.«

»Tiere sterben halt, nicht wahr?«

Sie zündete sich eine Zigarette an. Die Flamme des Feuerzeugs erhellte ihre Züge. Glenn betrachtete die Frau genauer.

»Kennen wir uns irgendwoher?«

Sie lachte. »Ich habe viele Männer gekannt.«

»Und ich habe viele Frauen gekannt.«

»Na dann«, sagte sie.

»Na dann?«, fragte er.

»Vielleicht kennen wir uns, vielleicht auch nicht.«

Sie schnippte ihre Zigarette in das leere Becken und steckte sich gleich eine neue an.

»Darf ich?«, fragte Glenn und deutete auf die Packung Lucky Strike.

»Bitte.«

»Und was macht eine Frau wie Sie an so einem Ort?«,

»Das geht Sie ja eigentlich nichts an.«

»Na gut«, sagte er. »Dann bestimme ich.« Glenn räusperte sich. »Ich traf sie an einem Swimmingpool. Sie sah aus wie Marlene Dietrich bei ihrem letzten großen Auftritt. Etwas Fremdes färbte ihre Worte. Als ich meine Hand unter ihr Kleid schob ...«

»Was soll das werden?«, unterbrach sie ihn.

»Eine Geschichte, nur eine Geschichte.«